KB187880

아무튼, 정리

아무튼, 정리

주한나

위고

차례

프롤로그

나는 늘 뭔가를 잘 잃어버리고 잊어버리는 아이였다. 집중을 못하고 발을 까닥거리거나 손톱을 물어뜯곤 했다. 줄거리를 기억해 따라가기 힘들어서 소설을 잘 읽지 않았고 텔레비전이나 영화도 보지 않았으며 정신 사나워서 음악도 라디오도 듣지 않았다. 늘 말이 너무 빠르고 산만하다는 지적을 받았다. 특히 주변 정리를 심각하게 못해서 잔소리를 많이 들었는데, 나조차도 나의 그런 점 때문에 부대낌을 많이 느꼈다. 그때만 해도 ADHD라는 병명을 들어본 이가 별로 없었다. 그저 나와 비슷한 남자아이는 '별난 아이' 정도로 여겨졌고, 여자아이라면 칠칠치 못하다고 야단맞곤 했다. 성인이 되어서야 ADHD 진단을 받았다. 이십대엔 내가 자란 남아프리카공화국에서, 삼십대엔 영국에서, 사십대엔 미국에서.

나는 그 진단을 지금까지도 의심한다. 그저 내가 정신을 좀 놓고 사는 게 아닌가, 노력이 부족한 것 아닌가, 어쩌면 극기 훈련으로 다스릴 수 있지 않을까 생각하곤 한다. 이십대의 나는 심각하게 나쁜 기억력 때문에 의사에게 조기 치매는 아닐까 물어보았으나, 기억력과 집중력은 인터넷 없는 무인도에 가서 일주일만 살아보면 확 좋아질 거란 일침에 쪼그라들었다. 삼십대에 영국에서는 느려터진 NHS* 시스템 탓에 가정의와 상담하고서 몇 년이 지나서야 ADHD 센터에서 검사를 받게 되었는데 의사는 내가 "저는 ADHD라기보다 그냥 자기 관리와 자제력이 부족한 것 같아요"라고 자가 진단을 내리면서도 끊임없이 손톱을 깨물고 들고 있던 팸플릿을 엉망으로 구기고 다리를 계속 떠는 것을 보며 ADHD 약을 먹어보라고 조언했다. 그로부터 약 10년 후 미국에서 만난 의사는 계속 약을 줄여보려는 나의 노력에 "혈압이 높으면 혈압약 먹고, 두통 심하면 두통약 먹고, ADHD 심하면 ADHD 약 먹는 겁니다. 정신력으로 혈압 조절할 수 있어요?"라고 일갈했다. 그 후로 약을 꽤 꾸준히 먹었다. 눈 통증과 수면 질 저하와 약효 떨어질 때의 무기력함 등의 부작용으로 몇 년 못 가 그만두었지만.

상담 치료를 받은 적은 없고 지난 3, 4년을 제외하면 약도 거의 먹지 않았다. 그런데 십대의 나에 비하면 지금의 나는 그럭저럭 정리 정돈을 잘하는 편이다. 약물치료를 받아서, 정신력이나 극기력이 늘어서냐 하면 그건 아니다. 오히려 전반적으로는 더 게을

* National Health Service, 영국의 국민 보건 서비스.

러진 듯도 한데 그래도 하루에 한두 시간은 정리와 청소에 할애한다. 내 사춘기 시절에는 그저 한숨만 내쉬던 부모님이 "깨끗하게 해놓고 사네?" 할 정도로 그럭저럭 주변을 돌보며 살고 있다. 뭐가 변했을까.

특별한 계기 하나로 모든 사건이 마술처럼 휘리릭 해결되는, 비포와 애프터가 확실한 먼치킨 스토리를 늘 좋아했다. 링컨이 노예들을 사고파는 모습을 보고 노예 해방이라는 일생의 목표를 품었다는 일화나 무협소설에서 어쩌다 신선을 만난 주인공이 천년 묵은 약초를 받아 먹고 무림 최고 고수가 된다든가 하는 전개 말이다. 아니면 차 사고로 머리를 다치면서 모든 것을 기억할 수 있는 초능력을 얻는다든가 거미에 물려서 스파이더맨이 된다든가 하는 이야기들.

내게도 그런 마법적인 계기가 있기를 바랐다. 내가 어느 날 갑자기 너무나도 깔끔해서 어질러진 것을 참지 못하는, 뭔가 거슬린다 싶으면 자동으로 치우는, 그런 사람이 되었으면 했다. 만화책이나 드라마 어딘가에서 본 듯한 그런 사람이 된다면 어떨까. 단정하게 빗어내린 머리에 우아하고 세련된 정장을 차려입고 흐트러짐 하나 없는 자세로 넓은 유리창 앞에 서서 멋진 야경을 내다보는 여성의 이미지. 그녀의 코트에는 보푸라기가 일지 않을 것이고, 머리카락은 뻗치지 않을 것이며, 그녀의 널찍한 아파트 어디에서도 꽉 찬 쓰레기통이나 아직 개지 못한 빨래 더미, 머리카락이 잔뜩 엉킨 빗 따위는 보이지 않을 것이다. 세상에는 어느 날 갑자기 확 변했다는 사람이 그렇게나 많은데, 나도 기막힌 동기부여 영상이나 자기계발서 베스트셀러 하나를 계기로 완벽하게 변할 수 있지 않을까? 상상 속 이미지까지는 실현하지 못하더라도 그 언저리에라도 가끔 도전할 수 있는 정도의 내공은 어떻게 안 될까?

그런 내공 취득에는 실패했다. 그렇지만 십대의 나와 지금의 나를 비교하면, 외계인 의사가 집도한 뇌 개조 사례까지는 아니더라도 리얼리티 프로그램에 나가 "우리 망나니가 이렇게 변했어요!"라고 보여줄 만큼의 변화는 있었다. 여기서 내 동료 ADHD인들은 조급하게 질문을 던질 것이다. 무슨 동영상 보셨어요? 세 줄로 요약 가능한 정리 정돈 비법이 있었나요? 곤도 마리에 같은 정리계의 마스터를 만나 수련했나요? 참을성 없는 분들을 위해 세 항목으로 요약하자면 다음과 같다.

먼저, ADHD는 그대로이다. 해가 갈수록 집중

력과 기억력이 더 나빠져서 증상은 더 심해졌다고 할 수 있겠다.

변화는 느리고 꾸준했다. 하루아침에 이루어지지는 않았다. 돌아보면 죽음의 다섯 단계, 즉 부정, 분노, 타협, 우울, 그리고 수용을 거쳐온 것 같다.

이것은 외국어 배우기나 다이어트와 같아서, 어떤 날은 별 어려움 없이 잘하고 있다 생각이 들기도 하지만 어떤 날은 그냥 다 때려치우고 소파 위에 퍼져서 드라마 틀어놓고 아이스크림을 퍼먹기도 한다.

지금부터 이어지는 내용은 ADHD인답게 일목요연하게 정리되지는 않은 20년간의 어수선한 변화의 기록이자, 정리 정돈을 강력히 거부함으로써 발생한 혼돈이 천천히 소멸해가는 과정이다.

정리 필터 작동이 수동이라는 것은…

아침 6시면 눈이 떠진다. 알람 없이도 그렇다. 이건 내가 타고나기를 아침형 인간이기 때문이지 근면 성실함과는 거리가 멀다.

이른 아침에 눈을 뜨면 눈앞은 언제나 뿌옇다. 해가 늦게 뜨는 계절에는 더욱 그렇다. 초등학교 들어가기 전부터 마이너스를 찍은 시력 덕분에 평생을 안경과 함께 살았다. 너무 어린 시절부터 안경을 써서 그런지 나에게 바깥 세상은 안경 하나로 온 오프될 수 있는 세계로 느껴진다. VR 헤드셋을 쓰면 나타나고 벗으면 사라지는 선택적 가상현실처럼. 내가 여기 존재하는 한 받아들여야 하는 '현실'이라는 세계가 안경을 벗으면 흐릿하게 뭉개진다. 짙은 안개 속처럼 선명하지 않은 배경에서는 모든 것이 날카로운 현실성을 잃고 뭉툭해진다.

머리맡 어디엔가 두었을 안경을 더듬어 찾는다. 안경이라는 스크린에 세상이라는 영상이 또렷하게 떠오른다.

거실 한가운데에는 아이들이 가지고 놀다 만 자동차 트랙이 길게 늘어져 있다. 그 주위로 온갖 책과 인형과 장난감이 어지럽게 널려 있다. 그나마 이런 상태를 어지럽다고 인지하게 된 것도 오랜 훈련 덕이다. 평소 눈앞이 잘 보이지 않는 데다 한꺼번에 여러 가지 생각을 하는 버릇 때문에 늘 머릿속이 어지럽다 보니 주변 환경에 심할 정도로 둔감하다. 딴생각하다가 벽에 부딪히거나 무언가를 떨어뜨리는 일도 부지기수다. 특히 피곤하면 정말 아무것도 눈에 안 걸린다. 눈에 안 걸려도 발에는 걸리는 것들 때문에 도저히 정리하지 않고는 넘어갈 수 없는 상태에 이르러도 '오늘은 피곤하니까 거실은 무시하고 넘어가자'라고 결정 내리면 그 부분만 블라인드 처리할 수 있는 초능력도 가지고 있다.

어지러운 거실을 가뿐히 지나 욕실 앞에 도착하니 간밤에 식구들이 벗어둔 옷이며 수건이 아무렇게나 흩어져 있다. 욕실 문 바로 옆에 빨래 통이 있는데도 그렇다. 옷 무더기에는 간밤에 운동을 끝내고 샤워하러 들어가면서 내가 벗어 던진 옷도 있으니 할 말이 없다.

식구들이 집에 들어오면서 신발을 아무렇게나 벗어놓는다거나 겉옷을 소파에다 걸쳐놓는 버릇을 절대로 고치지 않는다며 불평하는 남들의 이야기를 들으면 뜨끔하다. 공동생활의 기본이 안 되어 있다느니 게으르다느니 치우는 사람을 조금도 배려할 줄 모른다느니 하는 불만을 넘어, 가정교육까지 운운하며 비난하는 말을 들을 때면 억울하기까지 하다. 나는 이른 나이에 취업을 하고 결혼을 했으므로 공동생활의 기본을 누구보다 일찍 몸에 익혔고, 타고난 아침형 인간이며, 치우는 사람을 배려하다 못해 아이 둘을 키우는 워킹 맘으로서 집 안에서는 오래전부터 치우는 역할을 도맡고 있다. 게다가 흐트러진 물건들을 그때그때 정리해야 한다는 것을 절절히 느끼고 매일같이 눈에 보이는 대로 집 안을 청소한다. 그런데도 신발을 아무렇게나 벗어두고 걷옷을 아무 데나 걸쳐놓는 습관은 아직까지 못 고치고 있다. 나는 단지 다른 생각에 빠져 눈앞의 일에 집중하지 못할 뿐이다.

그런 나에게 '너는 이 지저분한 게 안 보이냐!'라는 질책은 늘 난감하다. 내게도 보인다. 다만 그것이 지저분하다고 자동 인지되어 곧 행동을 취해야 할 상태로 분류되고, 그에 대해 어떤 감정적인 변화까지 일어나야 '치워야겠다'라는 결론이 도출되는데, 그 중간중간이 끊겨버리니 문제다. 외국어가 귀에 들린다고 해서 바로 그 순간 백 퍼센트 이해하고 반응할 수 있는 건 아니지 않은가. "%@&$&#X!"라는 외국어를 면전에서 듣고 '아, 이거 무슨 뜻이지? 욕인 거 같은데… 그러면 이제 화를 내야 하나?' 이렇게 자문하다가 뒤늦게 스멀스멀 화가 치미는 것과 모국어로 쌍욕을 듣고 즉각적으로 화가 솟구치는 것은 전혀 다른 사고 과정을 거치는 것과 같은 이치다.

어쨌거나 욕실 앞의 옷가지를 빨래 통에 대충 집어넣고 부엌으로 향한다. 아침부터 내 안의 정리 필터를 풀가동시키면 곤란하다. 식구들을 깨워 아침을 챙기고 출근 준비를 하는 것만으로도 벅차다. 블라인드 처리했던 거실과 욕실은 이따 저녁에 퇴근해서 다시 점검하기로 한다. 조금 있으면 남편이 깬다. 그 역시 심각한 ADHD인이라서 우리 집의 어수선함은 부창부수의 협동으로 이루어낸 업적이다. 번지수를 잘못 찾아 정반대의 짝을 만났다면 나나 남편이나 상대 속캐나 뒤집었을 텐데 둘이 알아서 짝을 지어 폭탄 제거했으니 세상 평화에 조금 기여했다고 우기고 싶다.

깨끗하고 어수선한 방

'청결은 경건함 다음가는 미덕'. 자라면서 자주 들었던 말인데 나중에 알고 보니 미국 건국의 아버지라 불리는 벤저민 프랭클린이 열거한 열세 가지 덕목 중 하나였다. 미 해군 사령관 윌리엄 맥레이븐 제독은 세상을 바꾸려면 아침에 일어나서 침대부터 정리하라고 한다. '청소'나 '정돈', '청결'이 인생 성공의 첫걸음 혹은 인격 수양의 기본이라고 하는 가르침은 흔하다. 사실 아무리 정리 정돈을 못하는 사람이라도 가지런하게 정돈된 물건들과 깨끗한 공간이 더 보기 좋다는 데에는 동의할 것이다. 내 방은 어지럽더라도, 어수선한 상점에서 흐트러진 물건을 사고 싶지는 않을 테고 말이다.

우리 가족은 내가 열 살이 좀 넘어 남아프리카 공화국으로 이민을 갔다. 한국보다 물가가 훨씬 싼 곳이었다. 덕분에 한국에서는 우리 가족의 경제 상황으로는 꿈도 못 꾸었을 혜택을 누리며 자랐다. 그중 하나가 입주 도우미였다. 대부분의 가정에 입주 도우미가 있었다. 일상을 유지하는 데 필수적인 청소, 부엌일, 빨래를 어머니가 하지 않으니 내가 도울 일도 없었다. 그러므로 나의 몫은 오로지 다른 사람이 건드리기 힘든 내 물건의 정리 정돈이었다.

도우미분 덕분에 내 방은 늘 깨끗했지만 한편으론 어수선했다. 표면이 드러난 바닥이나 선반은 먼지하나 없이 깔끔한데 대부분의 공간에 물건이 널려 있었다. 여기저기 읽다 만 책이 돌아다녔고, 온갖 문구류와 미술용품이 책상을 가득 채웠으며, 맞추다 만 퍼즐, 그리다 만 그림, 만들다 만 프라모델에 교과서, 공책, 프린트물, 케이블, 전자제품, 가방 등이 방바닥을 뒹굴었다.

내가 하던 일들을 그때그때 정리하지 않고 널어두는 이유는 ADHD가 컸다. 한 가지에 집중하지 못하고, 무언가 다른 아이디어가 떠오르면 바로 그것을 하고 싶어 했다. 게다가 이것저것 자주 잊어버리니 정리한답시고 치워버려 눈에 안 보이면 완전히 잊을까 봐 불안했다. 집중 못함, 딴짓 벌임, 정리 못함, 이것이 삼위일체를 이루었다. 뭔가를 하다가 다른 것에 관심이 가면 당장 그에 관한 것을 꺼내 펼쳐보지만 그래도 하던 것을 마저 끝내야 한다는 책임감과 또 다시 마무리 못 짓는 사람이 될 듯한 불안감, 지금 치워버리면 영영 잊게 될까 봐 하던 일을 정리하지 못하는 망설임이 마구 뒤섞였다.

공부하려고 교과서와 공책을 다 벌여놓고 20분 후에는 그림을 그리기 시작했더라도, 딱 이것 하나만 그리고 곧바로 공부로 돌아갈 거라고 믿는다. 그러다가 예전에 하다가 그만둔 퍼즐이 눈에 띄면 반갑다. 공부를 마무리짓지 못하는 건 싫지만 대신 퍼즐이라도 마저 하면 예전 일을 마무리하는 셈이 아닌가 생각한다. 그렇게 퍼즐을 30분 붙든다. 얼마 지나지 않아 저녁 시간이 된다. 그때야 내가 벌여놓은 것을 본다. 공부를 더 해야 한다. 아까 안 치워놨기 때문에 어디까지 했는지 정확하게 보인다. 안심이 된다. 퍼즐도 다시 손에 잡았으니 공부도 그럴 수 있을 것 같다. 한두 페이지 들춰보고 아까 그리다 만 그림을 본다. 그려둔 것을 보니 흐뭇하다. 나중에 채색까지 다 끝내면 기분이 좋을 것 같다. 지금 치우면 다시 안 할 것 같다. 그러면 완성하는 걸 또 포기하는 게 된다. 어쩐지 돌려 막기 같지만 애써 무시한다. 갑자기 너무 피곤해서 세수하고 침대에 눕는다. 단어 정리장을 침대에 가지고 왔지만 어제 읽다 만 책을 보니 또 반갑다. 책을 붙들고 읽기 시작한다….

　내가 정리하지 못하는 이유는, 뭔가를 계획한 대로 끝내지 않고 다음 일을 벌이는 버릇, 그러면서도 중도에 포기했음은 인정하기 싫은 데서 비롯되는 일이었다. 여지를 두는 것이다. 나는 곧 돌아올 것이라고 가짜 약속을 하는 것이다. 그러니 누가 대신 정리하는 것도 질색한다. 너저분하게 늘어놓긴 했지만 나는 '아직 작업 중'인데 방해를 받는 셈이라 그렇다. 그런 현실부정이 몇 달째라도 말이다.

그리하여 정리에 관한 나의 첫 반발은 '어수선함'이란 개념 자체에 대한 부정과 반항의 형태로 일어났다. 여긴 내 공간인데, 내가 편한데, 더럽지 않으니 청결 문제 없는데 꼭 정리를 해야 하나? 남이 어수선하다고 느끼는 것을 왜 내가 해소해야 하지? 어차피 밤이 되면 또 덮을 건데 왜 이불을 정리해야 하지? 어차피 내일 또 가지고 나갈 건데 책가방이나 겉옷을 왜 걸어둬야 하지? 옷이 구겨져서 문제라면 안 구겨지는 옷을 입으면 되잖아? 내가 괜찮다면 상관없지 않나? 딱히 나에게 관심 없는 이들을 위해 왜 내가 시간을 투자해서 정리를 하고 치워야 하지? 욕 좀 먹고 그냥 두는 쪽이 효율적이지 않나? 그런 생각의 흐름으로 나는 '나를 판단하려 드는 사회와 타인의 기준과 비효율적인 루틴에 대한 반항'으로 정리하지 않는 사람이 되었다. 좀 더 자라면서는 여기에 여성성에 대한 반항까지 더해졌다.

"여자애 방이 이게 뭐니?" 내가 자주 들은 말이다. 지저분하고 어지러운 여자아이의 방을 보면 나오는 발언이다. 여자아이는 늘 남자아이에 비해 더 높은 수준의 깔끔함과 꾸밈과 돌봄노동을 요구받았다. 나는 손님이 오면 마실 것을 대접하기를 곧잘 요구받았고, 그런 미션을 잘 실행했을 때 "여자애라서 그런지 잘하네", "시집 잘 가겠네"라는 칭찬을 들었다. 요즘에도 그러는지 모르겠다.

비슷한 과정을 거치며 많은 여성들이 그랬듯이 나 역시 여성 혐오를 체화하며 자랐다. 여성스러움은 흔히 가사 노동과 외모 꾸밈과 말랑한 성격과 연결되었고, 그 고정관념을 수용하고 개발한 여자들은 '천생 여자'라는 말을 들었다. 그런데 어린 내가 보기에 천생 여자 중에 사회적인 기준으로 크게 성공한 여성은 없었다. 세상이 정의하는 '성공한' 혹은 '능력 있는' 사람들은 천생 여자와 상반된 모습이었고, 거의가 남자였다. 나는 성공한 사람이 되고 싶었지 천생 여자가 되고 싶진 않았다. 그래서 여성적이라고 분류된 모든 행동을 더 피해 다닌 결과, 가사에는 별 재능이 없지만 수학은 잘하는, 여성으로는 흔하지 않은 소프트웨어 개발자로 자랐다. 그리고 한때는 가사 노동에 서투른 것을 부끄러워하기보다는 천생 여자에게서 멀어진 증거로 자랑스럽게까지 생각했다. 이 모든 것이 그토록 오랫동안 가능했던 것은 남아공의 널찍한 공간과 집안일의 외주화 때문이 아니었을까 싶다. 생존에 필요한 집안일이 다 해결되고 정리 정돈만 남는다면 크게 불편을 겪지 않으니 말이다.

진정 정리의 달인으로 변화시켜줄 불세례가 친절히 예약하고 가정방문을 온다고 해도 나는 받을 준비가 되어 있지 않았다. 이렇게 타고난 천성과 특수한 성장 환경에다 외부 압력에 대한 반발심까지 겹쳐 정리 정돈 스킬 업을 아예 포기하고 살던 나는 같은 일을 하는 짝을 만나고 팍팍한 영국 런던으로 건너가 빈곤한 제3세계 출신 외국인노동자로 살다가 부모가 되면서 정리 정돈 스킬트리를 포기한 대가를 아주 비싸게, 험하게, 힘들게 치르게 된다.

'알아서 정리하는 사람'까지는 되지 못해서

나의 두 아이는 런던에서 태어났다. 첫 아이가 태어났을 때 나는 거의 10년 차의 주부였으나 가사 레벨은 '뉴뉴뉴비'였다. 가사에 도움받기가 불가능한 곳으로 이민을 가서야, 그러니까 서른이 돼서야 스스로 청소와 요리 등 살림을 시작한 왕초보였다. 그런 데다 아이를 더하니 백 미터 달리기도 제대로 안 해본 이에게 마라톤급의 시련이 떨어진 셈이었다.

육아는 일이 많다. 나와 남편 둘이 돌아가며 해도 끝이 보이지 않았다. 무조건 치우고 치우고 정리하고 정리해야 했다. 정리를 조금만 미뤄도 일이 곱절로 많아졌다. 기저귀를 간 사람은 헌 기저귀를 버리고 새 기저귀를 채워놓아야 한다. 젖병을 그때그때 안 씻어두면 몇 시간 후에 아기가 배고파 울 때에 발을 동동 구르면서 젖병부터 씻어야 한다. 물티슈는 늘 같은 곳에 두어야 긴급 상황에 대처하기 편하다. 아기를 데리고 외출해야 하는 상황은 아주 자주 벌어지고, 그때마다 챙겨야 할 물건은 아주 많다. 리스트를 만들어두든가 한 가방에 챙겨둬야 한다. 물티슈와 분유병을 딱 한 번 빼먹고 나갔다가 호되게 혼난 뒤로 꼭 미리 챙겨두는 습관이 생겼다.

무질서한 내 세계에 '정리'가 들어온 변화의 계

기를 꼭 하나 꼽으라면 이 시기가 아닐까 싶다. 영국은 주거비가 살인적이다 보니 늘 생활공간이 좁았고 수납공간이 절대적으로 부족했다. 워킹 맘의 일상이라는 것이 정리 정돈과 청소에 관한 철학적 고찰과 방만함을 허용하지 않았다. 약간의 장점이 있다면 정리의 성격 자체가 예전보다 쉬워졌달까. 아이들을 키우다 보면 분명히 할 일은 훨씬 많은데 내려야 할 결정은 훨씬 쉬운 편이다. 5년 전에 친구에게 선물 받은 필통은 버릴까 말까 오랫동안 망설일 수 있지만 더러운 기저귀는 그런 거 없다. 매일매일 써야 하는 것들이 정해져 있고, 그것들은 어느 정도의 정돈과 정리 시스템의 설계 및 반복적 사용을 강제한다.

만약 아이를 낳지 않았다면 정리 정돈에 대한 나의 태도가 지금처럼 바뀌었을까. 그럭저럭 살 만한 어수선함을 유지한 채로 가끔 도우미분들의 도움을 받으면서 가사 노동에 대한 나의 고정관념도 그대로 버티지 않았을까. 나의 비천한 가사 실력과 삶의 성취를 반드시 공존하는 동전의 양면으로 여기며.

사회가 강제하는 성역할에 대한 반감을 내려놓고 일상을 꾸려나가는 것을 온전히 내 몫으로 받아들이기까지 그 후에도 십수 년이 걸렸다. 역시 이 변화를 10초 하이라이트로 요약해 보여줄 만한 계기는 없다. 그저 매일매일 살아내야 하는 삶 속에서 이리저리 치이다 보니까 타협, 우울, 반항 등의 코너로 돌아가며 처박혔고, 그렇게 몇 년이 지나니 나는 동글동글 반짝반짝 갈려 있었다. 날카로운 사회 비판과 뜨거운 분노와 개념의 재정립을 원하는 에너지도 갈려 나가고 아무 데나 둬도 별 표가 나지 않는 둥그스름한 자갈이 되어 있었다. 그럼에도 아직 '알아서 정리하는 사람'까지는 되지 못해서 지금도 나의 정리 필터는 일일이 직접 조작해야 하는 수동 시스템이다.

청소빛 갚기

같이 사는 사람이 요리를 해두었거나 깨끗하게 청소를 해둔 것을 보고 마음이 따뜻해졌다는 식의 이야기를 들을 때마다 정말 사람마다 다르게 느끼는구나 생각하게 된다. 왜냐하면 나와 남편은 그와는 정반대로 반응하기 때문이다. 아침에 일어났는데 남편이 간밤에 부엌을 싹 치워놓고 요리까지 해두었다? 그럼 나는 고민하기 시작한다. '나한테 불만이 있나? 왜 시위하지? 내가 어제 뭘 잘못했나? 어제 저녁은 내가 했는데. 그냥 머리가 복잡해서 몸을 움직인 걸까? 그러기엔 청소량이 꽤 많은데….' 그리고 눈치를 살핀다. 남편이 일어나서 "봐, 나 어제 청소 두 시간이나 했어!" 하고 뿌듯해하며 생색을 내면 좋은 징후다. 그렇지만 간밤에 해놓은 일에 대해서 아무 말이 없다면 나는 마음속 칠판에 '나중에 청소 두 시간 해서 빚 갚을 것'이라고 적어둔다.

결혼 20년 차이고 둘 다 아주 쉬운 성격은 아닌데도 안 싸우고 잘 사는 이유 중 하나는 상대에게 바라는 바는 거의 없는 반면 상대에게 절대로 빚지고 싶지 않은 욕구는 너무나도 크기 때문이라 생각한다. 나와 남편은 '지금 여기가 지저분한 상태인가'를 탐지하는 레이더망은 약하지만, '지금 내가 빚진 상태인가'는 엄청나게 잘 포착한다. 그래서 우리 집은 심하게 너저분하다가 심하게 깔끔해지기를 반복한다. 나와 남편 둘 중에 하나가 정리를 시작하면 나머지 한 사람도 그냥 있기가 불편해져서 곧바로 '아, 나도 뭔가 치워야겠다' 모드로 전환된다. 한 사람이 설거지를 하면 다른 사람은 방 정리를 하고, 빨래를 시작하면 청소기를 돌린다.

어느 토요일 아침, 어쩌다가 '쓰레기집 완벽 정리!'라는 제목에 혹해서 클릭해본 것이 시작이었다. 청소업체를 운영하는 사람이 바닥에 빈틈이 하나도 안 보일 만큼 엉망이었던 집을 완벽하게 치우는 영상을 몇 개나 보고 나니 갑자기 나도 정리를 해야겠다는 사명감이 넘쳐서 아침 8시부터 대청소를 시작했다. 나야 평소에 일찍 일어나니 주말이라 해도 8시쯤이면 일과를 시작하기에 적절한 시간이지만 남편에게는 꼭두새벽이다. 9시 즈음에 일어난 남편은 땀 뻘뻘 흘리며 청소하고 있는 나를 발견하고 이리저리 눈을 굴린다. 그러고는 커피 타줄까, 묻는다. 난 이미 마셨으므로 됐다고 한다. 그럼 아이들을 깨울까, 또 묻는다. 나는 주말이니 더 자게 두라고 답하고 청소를 계속한다. 그 두 질문으로 '이 사람은 별일은 없어 보이지만 이상할 정도로 열심히 청소를 하고 있음'이라

결론 내린 남편은 아주 불편한 얼굴로 주변을 돌아본다. 거실은 이미 청소가 끝났다. 빨래도 다 세탁기 안에서 돌아가고 있다. 남편은 커피를 내리면서 냉장고를 비우고 선반을 닦는 나를 불안하게 보다가 쓰레기통을 확인한다. 안 비운 것을 확인하고 얼굴이 확 밝아진다. 커피를 서둘러 마시고 음식 쓰레기, 재활용과 일반 쓰레기를 분류해 버린 뒤 마당을 쓸기 시작한다. 차고에서 어수선한 것들을 정리한다. 우리의 청소빚 갚기는 이런 식이다.

우리 부부의 신혼집은 남아공의 방 두 개짜리 아파트였는데 안방은 공용 공간, 거실은 내 공간, 남은 방은 자연스럽게 남편의 공간이 되었다. 그 후로 20년간 이사를 다니면서 나도 몇 번이나 서재를 만들어보았지만 잘 쓰게 되지 않았다. 반대로 남편은 늘 자신의 방을 따로 두었는데 그 안이 뭐 어떻게 돌아가는지 난 그리 신경 쓰지 않았다. 아니, 사실 좀 귀엽고 신기하다고 느꼈다. 미친 과학자의 실험실을 슬쩍 들여다보는 느낌이랄까. 전기기구와 화학약품, 온갖 부품과 컴퓨터 하드웨어가 뒤얽힌 곳인데 어수선하고 정신없지만 나름대로 영화 세트장 같은 분위기도 풍긴다. 그런 그의 공간에 내가 들어가면 그는 갑자기 방어 모드가 되어 쭈뼛거리며 이것저것 설명하기 시작하는데 그것도 재미있다. "그, 그건 전기회로 만드는 데 필요한 화학약품이야! 위험하니까 만지지 마!", "아! 그건 음… 아주 싸게 산 거야! 저항기 스무 개짜리였고", "캔버스 세일하길래…", "물론 드릴비트가 있지만 그 세트는 좀 다른 용도로 사용하는 거라…".

나는 남편에게 단 한 번도 네 방 치워라, 왜 이런 걸 샀느냐, 하는 말을 진심으로 따지며 한 적이 없다. 왜냐면 어떤 싸움이든 주먹을 날릴 때에는 한 대 맞을 각오를 해야 하는 법인데, 나는 특히나 정리 정돈에 관해서는 맷집이 형편없는, 정말 어디 내놔도 할 말 없는 구제 불가능의 인간이었기 때문이다. 그러나 자신의 어지러운 공간을 싹 다 정리하려고 호시탐탐 기회를 엿보며 잔소리를 퍼붓는 가정에서 30년을 살아온 그는 나와 결혼하고 20년이 지난 지금까지도 자기 방에 대해서 기본적으로 방어 모드이다. 나는 편하게 뻔뻔해진다. '나 너 안 때렸으니까 너도 나 때리지 마!'로 버틴다. 하지만 상대방이 청소를 시작하면… '저 인간이 청소를 하네? 비상사태인가?' 하며 둘러보게 된다.

서로 상대의 공간에 대한 존중이 극단적이다 보니 청소빚 갚기에도 대원칙이 있다. 아무리 빚 갚고

싫어 안달이 나더라도 상대방의 공간을 건드리진 않는다. 남편의 서재 바닥에 먼지가 10센티 쌓여 있더라도, 그리고 그런 상황에서 남편이 부엌 대청소를 했더라도, 내가 남편 서재를 말없이 청소해주는 일은 없을 것이다. 그곳은 남편의 공간이다. 불이 나서 집 전체가 타버릴지 모른다면 불은 끄겠지만, 그 후에도 그 안을 내가 정리하는 일은 없을 것이다. 마찬가지로 남편의 빚 갚기도 공용 구역의 청소에 그친다. 내 물품이 가득한 서랍이나 내 옷장을 남편이 정리해주는 일은, 아마 내가 건강을 잃어 일상생활을 유지하기가 불가능해질 때까지는 없을 예정이다. 내 거는 내가 알아서 치울 거니까. 그럴 거니까! 치우려고 마음먹은 지 한 달은 지났어도 내가 알아서 할 거니까!

내가 존재하지 않으면 어질러질 일도 없지만

정리 정돈에 무능한 스스로에게 멀미를 느끼곤 제대로 배워보자 싶어 정리 전문가들의 책과 블로그를 찾아보던 적이 있었다. 그러나 그들의 조언을 듣다 보면 숨이 턱 막히면서 '저 사람들은 나와 다른 DNA를 가진 신인류가 아닐까?'라는 의문이 들었다. 내가 왜 어지르는지, 왜 잘 치우지 못하는지 그들은 이해하지 못한다. 식욕이 없는 사람에게 식탐 억제가 얼마나 힘든지 설명해봐야 잘 모르는 것과 같은 이치다. 정리 정돈을 위해서는 '모든 물건에 집을 만들어주면 된다'고 하는데 이건 식탐 억제를 위해서는 '정말 배고플 때만 적당히 먹으면 된다'라는 조언과 비슷하지 않은가.

지금도 내 책상 위에는 종이가 잡다하게 쌓여 있다. 정기적으로 정리를 하는데도 돌아서면 금세 이 모양이다. 납부는 했지만 세금 신고를 위해 내역을 따로 정리해둬야 하는 각종 고지서, 아이들 학교 방과 후 프로그램 안내문(어떤 과목을 고를지, 학원보다 나을지, 스쿨버스 시간과 맞는지 알아보고 결정해야 한다), 이사 간 전 집주인 앞으로 온 우편물(어떻게 전해줄지 정하지 못했다), 당장은 필요 없으나 나중에 필요할지 몰라서 버리지 못한 의료보험 관련 서류와 이런저런 광고지들. 부피는 별로 안 되지만 나의 결정과 분류를 요하는, 하지만 당장 처리하지는 않아도 되는 것들이 책상 위에서 나의 처분을 기다리고 있다.

　나와 비슷하게 정리를 잘 못하고 산만한 남편은 몇 년 전에 스캐너를 하나 주문하고선 자랑스럽게 외쳤다. "이걸로 서류 관리 문제를 완전하게 해결하겠어!" 어떤 문서든 바로바로 스캔해서 파일로 저장해두면 필요할 때마다 텍스트 검색이 가능하다는 것이었다. 게다가 주요 단어를 태그로 붙여 저장하면 자동 분류도 어느 정도 되는 셈이라고 했다. 그러나 이를 위해서는 서류나 편지를 받는 족족 뜯어 스캔을 하고 태그를 붙이고 키워드를 기억해두었다가 나중에 검색해서 찾아 처리하는 방식이 요구되는데, 나나 남편은 그런 부류가 아니다. 정말 중요한 서류는 그때그때 스캔해서 저장해 쓰고 있으므로 전혀 쓸모가 없었던 건 아니지만 결국 남편이 기대했던 완벽한 서류 정리법에는 한참 미치지 못했다.

　앞에서 말했지만 우리는 둘 다 ADHD이다. 쉽게 잊어버리기, 하던 일 말고 다른 일에 아주 급작스럽게 심취하기, 한번 시작한 일의 끝맺음을 아주 길게 연기하기, 어지러운 환경을 아주 쉽게 무시하기 등의 능력이 있다. 그래서 하던 일을 두고 잠깐 다른 일을 보면 그전 일은 완전히 잊어버리고 말 거라는 불안감 때문에 해야 하는 일들은 모조리 눈에 보이는 곳에 늘어놓는 버릇마저 똑같다. '제대로' 치우려면 어떻게든 하던 일을 마무리 지어야 하니 다른 일을 새로 시작하기도 힘들다.

　　도대체 다른 이들은 어떻게 깨끗한 집을 유지하는가 궁금해하던 중에 한 친구가 큰 깨달음을 주었다. 지인의 집에 갈 때마다 주방이 너무나 깔끔하게 정리되어 있어 대단하다고 칭찬을 했더니 주방을 안 쓰면 깔끔하게 유지하기 쉽다고 대답했다고 한다. 어차피 요리도 못하고 외식이 잦으니 아예 안 쓰면 정리도 할 필요가 없다고! 살 집을 구하러 다닐 때도 가장 보기 좋은 집은 생활감이 아예 없는 집이다. 손때가 전혀 타지 않은 가구, 최소한의 물건으로 보기 좋게 장식된 선반, 물기 하나 없이 깔끔한 부엌과 화장실의 비결이 '안 쓰는' 것이라니.

　　맞다. 내가 존재하지 않으면 어지를 사람이 없으니 깔끔함이 유지되겠구나. 하지만 나와 우리 가족이 이 공간에서 계속 존재하고 생활해야 하는 이상 청결도 10점 만점을 유지할 수는 없다. 누군가가 완벽하게 세팅해준다 해도 내가 뭔가를 하는 이상은 그

완벽에서 멀어질 수밖에 없으니 그게 거슬린다면 그 냥 숨만 쉬고 누워 있어야 한다. 그래서 10점이 아닌 순간들을 바로잡아야 할 불완전한 상태로 받아들이 기보다는 주기적으로 여러 모습을 띠는 나의 공간으로 받아들이기로 했다. 나의 성격과 취미, 변덕과 우 유부단함까지 모두 일상의 순환으로 받아들여야 나의 일상이 '완벽함을 망치는 주범'이라는 스트레스가 쌓이지 않는다. 나는 박제가 아니고 아이들은 인형이 아니므로. 나와 가족이 존재하지 않아야 유지될 수 있는 깔끔함이라면 어쨌든 나에게는 아무 의미가 없 는 것이다.

애자일 방식으로 두 주를 한 스프린트로
잡아서

나는 정리를 잘 못할 뿐이지 정리에 무관심하지는 않다. 오히려 그 반대다. 소프트웨어 개발자로서 일할 때의 사고 처리 방식에 따라 정리 정돈에 대해 생각하는 습관마저 있다. 생각하는 시간에 정리나 더 하지, 지적한다면 할 말이 없지만.

소프트웨어를 개발하다 보면 너무 시급한 버그가 발생해서 신제품 개발이고 뭐고 다 놓고 버그부터 고쳐야 할 때 'Firefighting(불끄기)' 모드로 들어간다. 얼마나 급한 버그인가에 따라서 'Sev(심각도)' 등급을 매기고 그에 따라 일 순서를 정한다. 집 안에서 Sev 등급이 제일 높은 경우는 보통 부엌이다. 당장 뭘 해 먹을 수 없을 정도로 설거지가 쌓였다든가 음식 쓰레기가 썩어나고 있다든가 하는 경우다. 심각도 등급을 매긴 다음에는 'Triage(분류)'에 들어간다. 사안을 하나하나 보고 누구에게 맡길지 어떻게 처리할지 빨리 결정해야 한다. 응급실에 온 환자들을 분류할 때도 같은 단어를 쓴다고 들었다. 위협이 되는 요소가 'Mitigate(경감)'될 수 있는 것들은 그렇게 한다. 빨래를 미루고 미뤄 당장 입을 수 있는 깨끗한 옷이 없을 때 정 급하면 빨래 통에서 냄새 덜 나는 옷을 골라내 입는 방법처럼 말이다.

그런 급한 불 끄기 모드가 없다면, 현재 상황에

서 실현 가능한 것으로 목표를 재설정한다. 소프트웨어 개발 시 아주 흔한 시나리오다. 'Minimum Viable Product(MVP, 최소기능제품)', 내놓을 수 있는 제일 간단한 버전을 마켓에 내놓는 것이다. 예를 들어 비전이 포르셰라면 MVP는 리어카라 할 수 있겠다. 돈을 물 뿌리듯 뿌려가며 충분한 시간과 인력과 노력과 연구를 거치면 어느 날은 포르셰까지 닿을 수 있을지 모르나 우선은 바퀴부터 굴려야 하니까 그렇다. 그래서 인스타그램에 올릴 만한 수준보다는, 나에게 맞는 수준의 MVP를 정한다. 티셔츠 하나하나까지 칼처럼 각 세워 가지런하게 접고 색깔까지 맞춰 보기 좋게 정리하고 계절에 따라 쉽게 옷을 정리해 넣거나 꺼낼 수 있는 시스템이 최종 목표라면, MVP는 반팔 티셔츠는 한 박스에, 속옷도 다 한 박스에, 바지는 큰 박스 하나에 다 넣기 정도겠다(참고로 우리 집 시스템은 아직 리어카를 벗어나지 못했다. 나도 언젠가는 포르셰를 몰고 싶다).

그렇게 목표를 세우고 'Agile(애자일) 방식'*으

---

* 소프트웨어 개발 방법론의 하나로, 처음부터 끝까지 계획을 수립하고 개발하는 'waterfall(워터폴)' 방식과는 달리 개발 시작과 함께 곧바로 반응을 살피고 수정에 반영하면서 유동적으로 개발하는 방식을 말한다.

로 'Iteration(반복)'을 한다. 내 직장에서는 두 주를 한 'Sprint(스프린트)', 즉 프로젝트 기간으로 잡는 다. 그 기간마다 뭘 할 수 있는지 정하고 그만큼만 한 다. 그 기간 안에 못 끝내면 다음 스프린트로 넘긴다. 이번 스프린트는 MVP로 '옷을 크게 여섯 종류로 분 류하여 각각 다른 박스에 넣는다'로 끝이다. 시간은 네 시간을 할애했다. 2주 내에 네 시간만 할애해서 끝 내면 된다.

이 방법만으로라도 꾸준히 완수했으면… 지난 십수 년 동안 2주짜리 스프린트만도 수백 번인데 그 러면 넷플릭스 리얼리티 쇼 찍을 정도는 안 되더라도 동네에서 정리 좀 한다는 소리는 들을 수 있었을 텐 데. 포르셰까지는 아니더라도 리어카 수준은 벗어나 지 않았을까.

직장에서도 이번 스프린트에 할 거라고 만들어 둔 작업 카드가 밀리고 밀리다가 나중에 꼭 해야 하 는 중요한 일 리스트지만 결국 반 이상은 조용히 소멸 하는 망각의 바다, 백로그로 들어가버리는 일이 때로 발생한다. 역시나 첫 번째 스프린트에는 열심히 잘 정리해서 라벨까지 붙여둔 여섯 개의 박스와 그 안에 넣어두었던 가지런한 옷가지들이, 조금 더 발전한 시스템에서 효과적으로 돌아가기는커녕 늘어지는 빨래 사이클과 매일 아침의 급박한 뒤적거림으로 오히려 더 악화되었다. 게다가 회사 일과 달리 집 안 정리는 1인 프로젝트여서 눈치 주며 닦달할 프로젝트 매니저도 나 자신이다 보니까 아예 기억에서 없애버리고 프로젝트를 엎어버리기도 쉽다. 아니면 훨씬 더 시급하고 Sev 등급이 높아 보이는 '부엌 정리' 아이템의 중요도를 상향 조정하여 이번 스프린트에는 이 시급한 아이템 때문에 '옷장 프로젝트'에는 시간을 할애할 수 없었음을 스스로 어필하면서 뭉개버리든가.

그러나 매일같이 육아에 치이며 집안일을 하다 보니 오히려 시험 전날 웹툰 정주행하듯이 뜻밖에 정리로 도피하는 일도 일어났다.

정리로의 도피

10월이 다 가기 전에 세금 신고를 끝내야 했다. 주말에 해야지 하며 미루기를 무려 5개월. 아무래도 안 되겠다 싶어서 올해 처음으로 일주일 통으로 휴가를 신청했다. 그 정도 여유는 있어야 세금 관련 서류를 정리할 마음이 생길 것 같았다.

월요일. 아침부터 목욕재계하며 다짐했다. 그래, 오늘 시원하게 끝내는 거야! 세금 신고용 서류 정리부터 얼른 끝내고 남은 휴가는 신나게 노는 거야! 그러나 30분 후 나는 책상이 아닌 아이들 옷장 앞에 앉아 있었다. 안 입는 옷과 옷장 안에 어지럽게 널려 있는 잡동사니를 싹 다 끌어내서 버릴 것을 솎아냈다. 박스마다 라벨을 붙이고 남은 옷을 곱게 개어 넣었다. 얼마나 땀을 뻘뻘 흘리며 열심히 정리했던지 오후 4시쯤에 이미 칼로리 소모량이 2,500을 찍었다. 뿌듯했다.

저녁이 되었다. 옷 정리도 개운하게 끝났으니 이제 서류를 정리해볼까 하고 자리에 앉자마자 생각이 났다. 맞다! 한다 한다 하면서 2년이나 미룬 아래층 공사! 시공사를 찾아봐야겠다! 그리하여 그날 저녁 빈틈없는 검색 끝에 고른 몇몇 시공사에 방문 견적을 요청하는 이메일을 보냈다. 휴가는 주말까지고 고작 월요일 하루가 지났으니 괜찮다.

화요일. 전날 옷장을 정리하면서 부피가 큰 이불만 정리를 못 하고 남겨둔 게 걸렸다. 평소에 잘 안쓰는 손님용 이불을 죄다 꺼내서 일부는 햇볕에 널고, 나머지는 세탁기에 돌렸다. 서류 정리를 시작하기 전에 커피를 타러 부엌에 갔다가 오래된 밀폐용기들이 눈에 띄었다. 못 쓰게 된 것들을 골라내느라 찬장을 뒤지다가 결국 냉장고까지 손을 대버렸다. 냉장고를 다 정리하고 보니 또 오후가 돼 있었다. 점심도 건너뛰었더니 배가 너무 고파서 저녁에 과식을 해버렸다.

수요일. 아래층 공사 견적을 내러 시공사 몇 군데서 방문을 했다. 견적을 내면서 각 방 구조를 자세히 따져보다 보니 아이들 방 가구 배치가 거슬려서 가구를 이리저리 옮겼다. 그 김에 책장에 마구잡이로 늘어놓은 그림책과 잡동사니를 정리했다. 서류 정리는 아예 잊어버렸다.

목요일. 아침 일찍 책상에 앉아 컴퓨터를 켰다. 그리고 폴더를 대대적으로 정리하기 시작했다. 다운

로드 폴더부터 훑었다. 그다음 문서 폴더, 백업 폴더, 임시 파일 폴더에 있던 노트까지 싹 다 정리했다.

금요일. 나는 할 것이다! 세금 서류 정리를 정말 끝낼 것이다! 그리고 정말 다 끝냈다. 막상 시작해보니 끝내기까지 두 시간밖에 안 걸렸다. 반 년 가까이 미루고, 거기에 일주일 휴가까지 내고도 이걸 피하느라 도대체 무슨 짓을 한 건지 허무함이 몰려왔다.

주말에는 써야 할 원고를 마무리 지으리라 마음 먹었다. 마침 미리 작업을 진행해두면 좋을 회사 일도 있었다. 그러므로 주말 아침 나는 진한 에스프레소를 좍 들이켜고 팔을 걷어붙였다. 그 순간 내 안의 '정리 필터'가 작동하기 시작했다. 사방에 치울 거리가 넘쳐났다. 나의 능력과 시간 부족을 핑계로 오랫동안 혼돈 구역으로 내버려둔 서랍 안이 거슬렸고, 몇 달간 별생각 없이 잘 써왔던 그릇장도 이제 보니 너무 뒤죽박죽이라 새로운 분류 체계가 시급해 보였다. 식기건조기, 전자레인지, 오븐 등의 가전과 스테인리스 재질의 주방 기구에 덮인 얼룩도 철퇴를 내려야 할 대상에 올랐다.

세상일이 참 다양하지만 본질은 비슷할 때가 많다. 집안일이든 회사 일이든, 보고서든 원고 작업이든, 할 일을 정의하고 그 일을 효율적으로 처리할 방법을 찾고 시간을 계획하여 작업을 시작하고 깔끔하게 정리해가는 과정을 거친다. 그런데 반드시 해야 하는 일은 언제나 제일 하기 싫다. 나는 지금 당장 성취감을 느끼고 싶다. 그리하여 대체할 활동을 찾는다. 코드 재정리 대신에 서랍과 옷장을 뒤집어 정리한다. 디자인 문서를 훑어보며 수정하는 대신에 부엌바닥을 스캔해 구석구석 걸레질을 한다. 그렇게 꼭 해야 할 일은 미룬 상태로, 뭔가 정리하고 해냈다는 성취감을 얻는다.

오래전에 철학 교수 존 페리가 쓴 에세이 『미루기의 기술(The Art of Procrastination)』을 읽다가 'structural procrastination(구조적으로 미루기)'이라는 개념을 인상 깊게 보았다. 해야 할 일을 제쳐두고 그보다 덜 중요한 일을 처리하면서, 즉 구조적으로 미루면서, 해야 할 일들을 돌려 막기로 수습하며 살 수 있다는 주장이 너무나 와닿았다. 내 삶은 그가 말한 그대로이기 때문이다. 카드 돌려 막기 식으로 급한 일 대신에 딴짓을 하지만 그 딴짓도 어차피 언젠가는 해야 하는 일이라 그럭저럭 삶이 굴러간다. 가끔 집안일이 하기 싫을 때는 일로 도망가고, 일이 하기 싫을 땐 걸레질로 도망간다.

저녁을 위해 닭 두 마리를 사 왔다. 냉장고에서 빨리 먹어야 하는 식재료를 꺼내 죽 늘어놓았다. 어떻게 하면 최대한 다양한 메뉴를 효율적으로 만들어 닭과 식재료를 처리할까. 고민 끝에 닭고기스튜, 닭고기파이, 닭죽, 데리야키치킨, 마늘빵으로 메뉴를 결정하고 요리를 시작했다. 중간중간 정리도 하고 설거지도 했다. 요리를 다 끝내고 쓰레기를 정리하니 뿌듯함이 차올랐다. 이렇게 당장 완수해야 할 일이 있을 때 딴짓을 하면 훨씬 더 의욕적이고 생산적이며 무려 재미있기까지 하다. 하기 싫은 일의 혐오도는 얼마나 급한가에 비례하기 때문이다.

그렇게 일요일 저녁이 왔다. 회사 일은 들춰보지도 않았고 원고 역시 한 자도 더 쓰지 못했다. 그래도 하루 종일 바빴고 뭔가 했다는 자부심이 해야 할 일을 미뤘다는 자괴감과 불안감을 덮어준다. 이렇게 살지 않았다면 직장에서 훨씬 더 성공했을지 모르겠다. 집안일 역시 좀 더 계획적이고 체계적인 방식으로 잘했을지 모르겠다(도피형이나 회피형이 전체 집안일의 반 이상을 차지하는 듯하니 말이다). 그래도 어쨌든 집은 그렇게 비정기적으로 깔끔해지고 냉장고에 음식은 채워지고 옷장은 정리되고 안 쓰는 물건은 집을 떠난다. 회사 일에 쫓기는 시기를 지나서 집 안을 정리하지 않으면 안 될 때가 오면 반대로 회사 일로 도피하며 돌려 막기를 한다. 빚쟁이처럼 급한 일을 피해 딴짓으로 도망 다니며 살지만 그 덕분에 어떻게든 삶의 어느 한구석이라도 정리가 되니 다행이 아닌가.

신경 쓰이는 것들, 신경 쓰이지 않는 것들

운전자는 세 부류로 나뉜다고 한다. 나보다 빨리 가는 '미친 놈', 나보다 천천히 가는 '답답한 놈', 그리고 '멀쩡한 나'. 집안일도 마찬가지다. 온라인상에서는 다들 엄청난 깔끔쟁이다. 수건은 한 번 쓰면 무조건 빨아서 네 식구 수건만 날마다 50개씩 빤다는 사람도 봤다. 그렇게 나보다 엄청 깔끔 떨면서 피곤하게 사는 사람들이 있는가 하면 반대로 쓰레기 집에서 사는 한심한 사람들, 그리고 평범한 내가 있다. 사람들은 흔히 자기 자신이 보편타당하다고 믿는 것이다. 그러다가 주변의 기준에 비해 자기가 훨씬 넘치거나 모자란다는 것을 깨닫는 경험이 쌓이면서 기준선을 재설정해나간다.

상대에 대해 갖고 있는 '이것만은 참을 수 없다', 혹은 '이 선을 넘으면 관계 끝이다' 하는 기준선을 영어로는 '딜브레이커(deal-breaker)'라고 표현한다. 아무리 좋은 사람이라도 밥을 먹을 때 너무 쩝쩝거리는 건 봐줄 수 없다거나 "감기 많이 낳았어?"라는 썸남의 문자를 보고 마음이 짜게 식었다거나 하는 것 말이다. 정리와 청소에 대해서도 사람마다 딜브레이커가 존재한다. 누군가는 빨래나 설거지는 제때 안 할지라도 물때를 몹시 싫어해 수전을 늘 반짝

반짝하게 닦고, 누군가는 바닥 청소엔 신경 쓰지 않아도 주방의 조리대와 환풍구에는 기름때가 덮이지 않게 특히 신경을 쓴다. 누군가는 현관에 신발을 가지런하게 놓아야 직성이 풀리고, 누군가는 양말이나 옷을 아무 데나 벗어두는 것을 두고 보지 못한다. 남자가 양변기에 서서 소변 보는 꼴은 절대로 못 보는 이, 방바닥에 굴러다니는 머리카락을 참을 수 없는 이, 집은 내버려두지만 차 안에서만큼은 과자 부스러기 하나도 용납하지 않는 이도 있다. 좋아하는 사람의 집에 놀러 갔는데 화장실이 너무 더러워서 갖은 정이 떨어졌다든가, 끝내주게 일을 잘하는 동료를 찾아갔다가 집 안이 엉망인 것을 보고 그의 능력마저 의심하게 됐다든가 하는 일화도 흔하다. 겉으로는 멀쩡해보이는 사람의 집 안이 엉망이라는 건, 근사하다고 생각한 사람과 막상 대화해보니 머릿속이 텅텅 비었음을 알게 된 것처럼 극적인 반전 포인트가 아닌가.

한때 영국에서 셰어하우스를 구하러 다닌 적이 있다. 그중에서도 한 곳이 특히 기억에 남는다. 현관에 금속가루를 뭉쳐놓은 것 같은 덩어리가 군데군데 떨어져 있는 것부터가 심상치 않았다. 거실에서는 짧은 반바지를 입은 사람이 커버도 씌우지 않은 이불속을 덮고 소파에 누워 TV를 보고 있었다. 그는 부스러기가 엄청나게 떨어지는 감자칩을 먹으면서 아무렇지 않게 "웰컴!"을 외쳤다. 부엌은 검은색 유성페인트에 흙을 섞어 쏟아부은 것처럼 끈적거렸다. 그 집을 보면서 스스로를 그리 깔끔하지 않다 여기던 나에게도 딜브레이커가 있음을 깨달았다.

좀 깨끗하다 싶은 집들은 압도적으로 직장인 세입자를 선호했다. 나와 비슷한 처지에 있던 학생들은 안 그래도 예산이 적은데 단지 학생이라는 이유만으로 덮어놓고 불신하고 차별하는 바람에 방을 쉽게 구할 수 없다고 불평했으나, 셰어하우스에 사는 이들은 만장일치로 어린 학생을 기피했다(직장인들도 다 한때는 학생이었을 테고 학교 졸업 후에 첫 월급을 받는 순간 딴사람으로 변신했을 리도 없는데, 그들은 학생들을 딴 세상 사람처럼 취급했다). 지금 내가 다시 셰어하우스에 들어가면 어떨까. 나의 딜브레이커는 그때와 또 많이 달라졌다. 종류도 두 손으로 다 셀 수 없을 정도다. 그렇게 우리는 점점 더 까다로워진다.

내 기준에 따라 타인을 판단하면서도 한편으론 다른 이가 나를 판단할까 봐 두렵다. 그렇게 자만과 불안은 동전의 양면이 된다. 매일의 노력으로 돌보는 내 집과 내 살림과 내 아이들에 대해 이 정도면 괜찮지, 하며 자부심을 느끼다가도, 다른 이에게는 딜브레이커가 되지 않을까 두려워한다. 그래서 누군가를 집에 초대하기가 점점 꺼려진다. 막상 초대해도 걱정은 계속된다. 화장실 수건을 새것으로 갈았던가? 오늘 초대한 사람이 뽀송뽀송하지 않은 수건은 절대 용납하지 못한다는 무시무시한 깔끔쟁이면 어쩌지? 창틀에 낀 먼지까지 보는 사람도 있다던데? 현관에 있는 신발들 좀 신발장에 정리할 걸 그랬나? 이렇게 정리 못하는 사람이 회사 일은 어떻게 할까 생각하면 곤란한데. 손님에게 이 정도로 단출한 요리를 대접할 정도면 평소에 아이들도 얼마나 대충 챙겨 먹일까 생각하려나?

어릴 적엔 남들이 내가 사는 모습에 대해 어떻게 생각하든 신경 쓰지 않았다. 특히 여성에게 깔끔함을 지적하고 강요하는 것은 성차별적이므로 무시해도 된다고 생각했다. 그런데 나이를 그야말로 숫자로만 먹었을 뿐이라도 어른이 되면서는 신경이 쓰인다. 나도 알기 때문이다. 어쨌든 부엌은 깨끗한 편이 좋다. 아이들은 잘 챙겨 먹이면 좋다. 집 안은 제대로 정리되어 있는 쪽이 낫다. 사회의 부조리와 불평등, 성차별에 대해 목소리를 내는 건 중요하지만, 그것만으로는 우리 집 화장실이 깨끗해지지 않는다. 그리고 그 공간에서 살아야 하는 건 나다.

그러나 가끔 그래도 이건 아주 불공평하다고 호소하고 싶을 때가 있다. 여전히 누군가의 집 안 상태를 두고 "이 집 엄마는 정리도 안 하고 사나"라는 지적이 나오는 것을 볼 때 그렇다. "누구누구네 엄마는 대기업 다니고 능력 있다던데 집은 개판이더라" 하는 식의 글을 보면 그 무례함과 몰이해스러움에 울컥한다. 그렇기는 해도 나 역시 정리 잘되어 있는 깔끔한 집에 초대받아 가면 살짝 풀이 죽으면서 '우리 집에는 초대하지 말아야겠다' 생각이 드는 것이다. 내가 직장에서 무엇을 성취했든 간에, 아직 정리되지 않은 우리 집의 상태를 보면 나도 같은 비난을 들을 것 같다. 빨간색 매직으로 두 줄 좍좍 그어진 '낙제' 선고를 받는 느낌이지 않을까. 직장의 남자 동료들도 비슷한 걱정을 하는지 궁금해지면 확 열이 오른다. 그들은 정리 좀 못해도, 집이 좀 너저분해도, 좀 대충 먹고 살아도 그런 걱정은 안 하겠지 싶으면서. 하지만 마흔 넘은 여성인 나는 여전히 그런 기준에 휘둘린다. 세상은 빠르게 바뀌었다지만 '직장 다닌다고 집안을 저 꼴로 하고 사나'라는 말에 휘청하는 내 예민함은 여전하다.

우울할 때 벽장을 연다

한국에서 보낸 내 생애 첫 10년은 전국 어디에나 똑같은 구조로 지어진 군인 아파트에서 살았다. 열몇 평 되는 작은 집이었으나 어려서 좁은 줄 모르고 살았다. 모든 군인 아파트의 구조가 똑같으니 아버지의 전근으로 부산에서 서울로 이사를 해도 물건을 있던 곳에 그대로 넣어두면 정리 끝이었다.

남아공으로 이민 가면서 부모님은 '좁은 집 사는 설움'을 제대로 떨치고 싶었는지 대지 수백 평에 수영장까지 딸린 집을 구했다. 그 후에 또 몇 번 이사하면서 집은 점점 커져서 고등학생 시절 집안의 사업이 망할 때까지 나는 으리으리한 메인 저택 뒤 큰 거실과 방 세 개가 딸린 무려 25평짜리 독채를 썼다.

그리고 10년 후, 남아공의 정치적 상황과 범죄율 때문에 아무래도 다시 다른 나라로 이민을 가야겠다고 마음먹었지만 결정하기까지는 여러 걸림돌이 있었다. 그중에서도 가장 큰 문제는 주거 환경의 변화였다. 영국은 좁디좁게 산다는데 과연 우리가 버틸 수 있을까?

남아공에서 자란 친구들 중에는 영국으로 옮기면서 남아공 살림을 다 가져갔다는 경우가 꽤 있었다. 남아공의 널찍한 집을 채웠던 세간을 그대로 다 들일 수 있는 집을 구하느라 영국에서 한 달 월세로만

천만 원 넘게 내고 살다가 1년을 못 채우고 다시 남아
공으로 돌아왔다는 도시 전설도 돌았다.

영국에 도착하자마자 단칸방 신세가 되었다. 남
아공에서는 벌이가 좋다고 자부했으나 영국에 오니
내 월급은 화장실 딸린 방 한 달 월세를 겨우 낼 정도
였다. 교통 그럭저럭 괜찮고 직장 가깝고 어지간히
살 만한 지역에 있는 셰어 하우스, 거기서 화장실 딸
린 방 한 칸 월세만도 백만 원이 훌쩍 넘었다. 집주인
이 수납 공간이 충분하다는 것을 상당히 강조하더니
정말 한쪽 벽이 다 벽장이었다. 영국에 도착해서 처
음 한 달 정도 임시로 지냈던 곳은 달랑 옷장 하나가
전부였기에 정말 눈물 날 만큼 반가웠다.

영국에서의 생활은 아이들이 태어나면서 상황
이 더 심각해졌다. 오로지 수납, 수납, 수납과의 전쟁
이었다. 한때는 살림 놓을 공간이 충분하지 않아서
가구를 그냥 되는 대로 집 한쪽에 쌓아두기도 했다.
둘째아이가 태어나는 날에 맞추어 이사 간 집은 영국
의 가정집치고는 꽤 컸는데도 불구하고 여전히 수납
이 문제였다. 조립식 가구를 잔뜩 사다가 구석구석
수납장을 만들어도 한참 부족했다. 정리란 흐트러지
거나 혼란스러운 상태에 있는 것들을 치우고 모으고

버리고 규율을 정하여 질서를 만드는 행위다. 여기서 핵심은 뭔가 '치워야' 정리가 된다는 것. 그러려면 치운 것들을 받아줄 빈 공간이 넉넉해야 하는데 우리 집에는 치운 물건을 받아줄 빈 공간이 늘 부족했다.

집은 좁지 식구는 늘었지, 우리 집 가구와 물건들은 나란히 놓이지 못하고 점점 위로 쌓여갔다. 조금이라도 공간을 만들려면 가지고 있던 것들을 미련 없이 버리고 웬만하면 새것을 들이지 않아야 했지만 그것도 한계가 있었다. 넓은 공간에서는 티가 나지 않을 작은 흐트러짐도 좁은 공간에서는 크게 거슬렀다.

수납장이 늘어날수록 물건들은 제자리를 찾아갔다. 하지만 그만큼 내가 움직일 공간은 더 줄어들었다. 슬슬 폐소공포증이 밀려왔다. 나의 소유가, 나의 추억이, 나의 흔적이 점점 늘어나면서 나를 압박해왔다. 나는 쉴 새 없이 빈 공간을 재면서 나를 압박해오는 것들을 억지로 수납장에 밀어 넣었다. 시간을 들여 가지런히 부피를 줄였다. 당시의 나에게 정리란 보기 좋게 질서를 만드는 의식이 아니었다. 숨 쉴 공간을 확보하기 위한 분투였다.

프로그래밍을 배우는 사람이라면 'tmp'라는 변수를 써본 적이 있을 것이다. A의 값은 1이고 B의 값은 2인데, 그 두 개의 값을 바꾸려면 제3의 tmp라는 변수를 두어야 한다. 정리할 때도 마찬가지다. 서랍 두 개를 정리하려면 우선 서랍 안의 모든 물건을 임시 공간에 비운 다음 다시 정리해 넣어야 한다. 그럴 공간이 없다면 아예 옴짝달싹할 수가 없다. 테트리스 게임을 상상해보자. 아직 공간이 넉넉할 때는 커다란 한 방을 위해 차곡차곡 블록을 쌓아 올려갈 수도 있고 실수를 만회할 수도 있는데, 어느 정도 레벨을 넘어가면 아주 좁은 공간 안에서 블록을 맞춰야 하니 어찌해보기가 힘들어진다. 결정 내릴 시간은 점점 더 줄어들고 해결 방법도 보이지 않는데 쌓이기는 더 빨리 쌓인다.

그래서 삶의 호흡이 그렇게 가빠질 때면 비어 있는 서랍을 열곤 한다. 공간이 넉넉한 벽장을 연다. 괜히 수납장을 열었다 닫았다 한다. 그리고 아직 빈 공간이 있음에 마음의 평안을 얻는다. 아직 이번 게임은 끝나지 않았다. 빈 공간이 있다. 나는 작고 좁은 공간에 갇혀서 몸부림치고 있지 않다. 임시 저장소가 바로 여기 있다. 발 뻗을 곳도 있고, 무언가를 잠깐 놔둘 공간도 있다. 정리할 수 있다. 나는 여유가 있다. 나는 내 공간을 지배할 여력이 있다. 빈 서랍 하나는, 휑한 벽 한쪽은 그렇게 아직도 내 인생은 정리가 가능하다는 위로가 되어준다.

청소 판타지

집안일을 할 때 팟캐스트나 오디오북을 자주 듣는다. 그럴 때는 줄거리가 단순하고 중간에 이것저것 놓쳐도 이해 가능한 장르 소설이 좋다. 특히 길고 긴 판타지는 주로 퀘스트를 깨는 것이 반복되는 구성이라서 즐겨 듣는다. 배경만 다르지 설정은 비슷하다. 밑바닥이라 볼 수 있는 위치에서 특수한 능력을 얻거나 회귀, 빙의, 환생하여 점점 높은 곳으로 성공해가는 방식이다. 중세의 기사, 왕족, 마법사가 주인공일 때도 있고 현대의 회사원, 기업가, 여행가, 운동선수 등 온갖 분야의 인물이 등장한다. 집안일과 연결되는 분야로는 요리하는 사람이 가장 흔하고, 상처를 받은 아이나 기질이 까다로운 아이에게 다가가서 아이의 마음을 열고 능력을 발현하게 해준다는 식의 육아 설정도 가끔 보인다. 그러나 정리나 청소 전문가가 주인공으로 나오는 경우는 아직 보지 못했다. 효능 좋은 비누를 먼 과거로 가져가 전염병을 없앤다는 식으로 특정 아이템에 주목한 설정은 있어도 정리와 청소 자체에 포커스를 두는 이야기 흐름은 보지 못했다.

청소 마스터를 주인공으로 판타지를 쓴다면 어떨까. 갑자기 중세의 어느 곳에 뚝 떨어져 축사 청소 담당이나 빨래터 일꾼으로 시작하여 현대의 청소 세

제와 기법으로 영주의 마음을 사고, 청소 마스터로 궁정에까지 소개된다. 까다로운 하녀장과 집사의 시험을 통과하고 청소 토너먼트의 우승을 거쳐 황궁 제일의 청소 마스터로 등극한다!

물론 이런 서사는 없다. 조리사는 황궁의 수석 요리사로, 기사는 기사단장, 마법사는 마탑주로 거듭날 수 있고 운동선수, 회사원, 의사 등의 직업인도 명성과 능력에 따른 보상과 명예, 주변의 인정을 얻는 과정을 보여줄 수 있는데 청소에는 그런 성장 테크트리가 없다. 서양풍 판타지 분위기를 내본다 해도 그래 봐야 올라갈 수 있는 게 하녀장, 시녀장, 집사 정도일 텐데 그럴 때도 통솔력과 보좌력이 훨씬 더 강조되지 '그 자리에서도 여전히 청소는 그 누구도 그를 따를 수가 없었다' 같은 묘사가 따라붙을 리 없다. 중세의 기사가 주인공이라면 '그는 기사단장이 된 지 오래되었지만 여전히 검술로는 최강이었다' 같은 묘사가 금방 떠오르는 것과 비교된다.

같은 집안일인데도 요리는 청소와 다른 위상에 있다. 요리사는 특수한 재료를 찾아내고 메뉴를 고민하면서도 주방 내 일꾼들의 호흡과 동선, 사기 관리를 특출한 카리스마로 진두지휘하며 사람들의 입맛을 사로잡는다는 식의 내러티브가 흔하다. 하나의 장

르라고 볼 수 있을 정도다. 요리는 새로운 음식을 창조해내며 미각과 후각과 시각까지 자극할 수 있어서 높이 사는 걸까? 청소는 잘해봤자 금방 원점으로 돌아가기 때문에 대접을 못 받는 걸까?

청소를 하다가 이런 엉뚱한 생각이 든 후로 나는 청소기를 돌리면서도, 냉장고를 정리하면서도, 빨래를 개면서도 열심히 판타지 서사를 구상해본다. 청소하는 나를 주인공 자리에 놓고.

나는 어느 날 갑자기 몇백 년 전 어느 시골의 작은 저택에 뚝 떨어지게 된다. 그곳에서 나는 먼지 하나 남기지 않는 청소 실력으로 주인집 아이들의 천식을 고친다. 지저분한 잡동사니를 깨끗하게 정리하고 서재에 쌓인 서류도 컴퓨터 파일링을 하던 솜씨로 착착 정리하면서 잃어버렸던 가문의 유산까지 찾아준다. 사람을 잘 기억하지 못하는 집주인을 위해 편지를 날짜와 이름과 용건에 따라 분류하고, 롤로덱스를 만들어 지인 관리를 쉽게 할 수 있도록 도와준다. 그 덕분에 집주인은 인맥 왕이 되어 영주민들의 사랑을 얻는다. 승승장구하는 주인을 보좌해 다른 영지들을 방문하면서 집집마다 생활방식에 맞지 않게 크기만 하고 골동품으로 가득 차서 답답한 응접실을 말끔하

게 정리하는 솔루션을 제공하고 그 결과 넓고 쾌적해
진 응접실에서 감동적인 가족적 화합을 이루어낸다.
그렇게 청소와 함께 엄청난 재산과 인망과 수납 공간
과 없어진 양말짝까지 찾아낸 나는….

그러나 전쟁에 나가 싸워 이길 수 없고, 대단한
마법을 부릴 수도 없고, 거대한 상단을 이끌고 먼 나
라로 뻗어 나갈 수도 없으니 역시 청소 판타지는 이렇
게 집에서 끝이 나는 건가. 어지럽기 짝이 없는 집을
깨끗하게 정리해주면서 전과 후를 드라마틱하게 비
교해 보여주며 집안 사람들의 찬사를 받는 것 정도가
청소 판타지가 가질 수 있는 최대 가능성인가. 청소
를 가지고 열네 권짜리 장편 판타지를 완성하기는 역
부족인가. 너무 생활 밀착이라 판타스틱해질 수 없는
오, 나의 일상 청소여.

정리를 잘하던 그는

이십대 초반에 다닌 직장에서 내 사수는 여러 가지로 나와 반대인 사람이었다. 일하는 속도가 사람 맞나 싶게 빨랐는데, 사실은 일 속도가 빠르다기보다 뭔가를 맡았다 하면 그게 끝날 때까지 엄청난 집중력으로 몇 날 며칠을 물고 늘어지는 스타일이었다. 집중력은 약에 쓰려도 없는 나에게 그는 거의 초인으로 보였다. 고등학교 시절부터 컴퓨터 천재로 소문나서 대학은 다니다 말다 하다가 곧바로 스카웃되었다고 했고, 일하다가 책상 밑으로 들어가 새우잠을 자고 다시 일어나서 일하기를 일주일 넘게 계속했다는 둥 믿기 어려운 전설을 몰고 다니는 사람이었다.

직장을 옮긴 후에는 그와 친구가 되었고 이후로 20년을 넘게 알고 지냈는데, 그는 모두가 예상했던 것만큼 눈에 띄는 성취를 이루지는 못했다. 그리고 그동안 나에게는 그저 초능력으로만 보였던 그의 성향이 단점으로도 작용할 수 있음을 알게 되었다.

뭐든지 끝맺기를 힘들어하던 나와 정반대로 끝을 보지 않으면 손을 놓지 못하던 그는, 당장 결정을 내리지 않거나 당장 확인하지 않으면 견딜 수 없는 강박증에 시달렸다. 나는 기억력과 집중력이 많이 떨어지고, 뭐 사실 그냥 최대한 열심히 하다가 잘되면 좋고 안 되면 이담에 잘하면 된다고 흘려보내는 편이라

일이 좀 안 풀린다 싶으면 '아잇, 퇴근하자. 좀 자고 일어나면 무슨 수가 생길 수도 있겠지' 하고 포기도 쉽게 한다. 이 친구는 그게 불가능했다.

나의 느슨한 태도는 정리에서도 마찬가지다. 치울 수 있을 만큼 치우긴 하지만, 피곤할 때 설거지 그냥 두고 잔다고 해서 세상이 끝나지 않을 것임을 안다. 어차피 어수선한 상태가 나를 괴롭히지도 않고 안 보려고 하면 아예 인지 자체를 차단하는 것도 가능하다.

그렇지만 정말 깔끔한 사람들은 그때그때 다 정리하고 치워두어야 직성이 풀리는 듯했다. 그와 마찬가지로 어떤 문제가 닥쳤을 때 이 친구는 결정 보류를 너무 힘들어했다. 사람들의 의견을 구하고 다들 동의하는 방향이 무엇인지 알아내기까지는 시간이 오래 걸린다. 그래서 이 친구는 먼저 혼자 밤새워 다 해버리는 쪽을 선호했다. 어떻게 흘러가는지 조금 더 보고 결정해도 되는 상황에서 그는 혼자서 결정하거나 엎어버리곤 했다. 독선적이거나 고집이 센 사람은 아니었지만 주변 사람들에게 생각할 시간을 아예 주지도 않는 게 문제였다. 이러니 그의 팀원은 늘 두세 명을 넘기기 힘들었다. 나 역시 그와 같이 일할 때, 내가 하루 종일 열심히 해둔 것이 다음 날 출근해보면 사수인 그의 계획에 따라 전혀 다르게 싹 다 정리돼 있곤 해서 허무한 적이 많았다. 혼자서 시스템 하나를 다 관리할 수 있을 때야 크게 상관없었지만 점점 프로젝트 규모가 커져가면서 그런 성향은 그를 더 고립시키곤 했다.

20년 동안 그를 지켜보면서 하나를 보면 열을 안다는 말이 반은 맞고 반은 틀린 것을 알게 되었다. 나의 우유부단하고 느슨한 태도는 정리의 영역에서만 끝나지 않는다. 일 처리할 때, 사람들을 대할 때, 그 외 삶의 모든 순간에서 나는 비슷하게 우유부단하다. 타월은 각 잡혀 개여 있지 않고 내가 설거지를 마친 개수대는 말끔하지 않을 때가 많다. 그런데 그런 우유부단함이 내게 해가 되지만은 않았다. 그냥 두고 보자 했다가 이득을 본 투자도 있었고, 처음에는 떨떠름했던 사람이 좋은 인연으로 발전하기도 했다. 모든 것에서 최대한 빨리 분명하게 결정을 내겠다는 태도가 부족한 만큼 많은 것을 그냥 두고 보면서 그 나름의 리듬대로 흘러가는 모습도 지켜볼 수 있었다. 삶의 어떤 방식은 모든 구석에서 반복되지만 그게 꼭 좋고 나쁨 중 한쪽으로만 귀결되는 것은 아님을 이제 안다.

살천도

회사 점심시간은 12시부터 1시 반까지다. 점심을 먹고 나서 하는 일들은 제각각이지만 점심때만이라도 짬을 내서 평소 부족한 운동량을 채우려는 사람들이 가장 많다. 스트레칭을 하는 사람도 있고 사무실 근처를 뛰는 사람도 있고 아예 헬스클럽으로 가는 사람들도 있다. 자기계발서까지 보지 않더라도 이렇게 '자투리 시간'을 활용하라는 조언은 분야를 가리지 않고 넘쳐난다. 날마다 자기 전 5분만 책을 읽어도 논리적인 사고력을 키울 수 있다, 5분 스트레칭으로 허리 디스크를 예방할 수 있다, 5분 안구 운동으로 시력을 되찾을 수 있다 등. 자투리 시간을 잘 활용했을 때 곧바로 눈에 띄는 성과를 얻을 수 있는 분야가 바로 정리 정돈, 청소다. 샤워하는 김에 욕실 닦는 데 5분만 투자하면 화장실 청소를 따로 힘들게 하지 않아도 된다. 아침에 일어나자마자 화장실로 직행하기 직전 이불부터 정리하면 늘 말끔한 침대에 누울 수 있고, 부엌에서 커피 물이 끓는 동안 주방도구를 제자리에 넣어두거나 수전을 닦아두면 나중에 청소하기도 훨씬 쉬워진다. 그렇게 다들 쉽게 말한다. 단 5분만 투자하면 된다고.

　먼 옛날 중국에는 '살천도(殺千刀)'라는 고문법

이 있었다고 한다. 칼로 천 번을 베어 천천히 죽이는 고문이라는데, 마르코 폴로의 중국 여행기를 바탕으로 쓴 소설에서 처음 알게 된 뒤로 소설의 다른 내용은 거의 기억나지 않고 이 고문 이야기만 또렷이 남았다. 그 후로 어쩐지 '5분 효율'과 관련된 조언을 들을 때마다 살천도 이야기가 떠오른다. 여기에서 5분, 저기에서 5분 떼어 빈틈없이 쓰는 일이 근사한 나를 만들기보다는 느슨하고 평화로운 나에게 조금씩 생채기를 내는 기분이다. 점심시간에 5분만 투자하면 어지러운 내 책상도 늘 말끔한 상태를 유지할 수 있을 테고, 메일함도 하루에 5분씩만 투자하면 훨씬 더 정갈해질 것이다. 문서 폴더도 그렇게 매일 조금씩 정리해왔다면 지금의 모습은 아닐 것이다. 하지만 그 대신 별이 잘 드는 창가에 앉아서 멍때리거나 핸드폰으로 게임을 하면서 스트레스를 날릴 잠깐의 즐거움도 사라지겠지.

성장기에는 '효율성 추구'와 '자기계발'을 너무 당연한 것으로 받아들였다. 자기계발이나 커리어 발전에 대한 의욕이 유난히 높은 한국인 특유의 사고방식에 젖어 있었던가 싶다가도, 지금 내 주변을 보면 다른 나라들 사정도 크게 다르지 않아 보인다. 스토리 자체가 유혹적이기도 하다. 별거 아닌 일에 5분만 투자하면 인생이 달라질 수 있다는데 솔깃하지 않을 수 없다. 내가 '낭비'하는 시간을 조금만 줄인다면, 잠을 좀 줄인다면, 나의 욕구를 아주 조금만 누른다면, 내 인생도 달라지지 않을까. 그러나 이 논리는 곧 자괴감으로 바뀐다. 하루에 5분만 투자해 외국어 공부를 해도 네이티브 수준이 된다는데 나는 그것을 하지 않았으니 지금 이 모양 이 꼴이다, 하루에 5분씩만 책을 읽어주고 10분씩만 공부를 봐줬다면 우리 아이들도 달라질 수 있었는데 난 그러지 못했다, 5분만 투자해서 간단한 영양식을 만들었다면 우리 가족이 좀 더 건강해졌을 텐데, 점심시간에 5분만 더 몸을 움직였다면….

집안일을 거의 하지 않던 20년 전, '그런 것'에 신경을 쓰기에 나는 너무 조급했다. 그 시간에 외국어 공부를 더 하고, 코딩 공부를 더 하고, 그것도 아니라면 업계 전망이나 연봉 추세라도 분석해야 했다. 무엇을 해도 그것은 나를 사회적으로 '발전'시키는 행위여야 했다. 소설책을 재미로 읽는 건 시간 낭비이므로 책을 읽으며 외국어 실력도 쌓을 수 있도록 소설은 무조건 원서로 읽는다는 원칙까지 세웠다. 이동

할 때도 음악 대신 오디오 강의나 외국어 방송을 들었다. 갈 길이 너무 아득해 보여서 어떻게든 효율적으로 앞서 가려고 조바심을 냈다. 시간을 5분, 10분으로 나누어서 조금씩만 투자하라고 건네는 조언이 나에게는 자투리 시간 활용이 아니라 멀티태스킹 챌린지에 가까웠다. 그런 나에게 눈앞의 발전과 상관없는 정리 정돈에 시간과 에너지를 쓰는 것은 엄청난 시간 낭비를 넘어서 자기 방치로 느껴졌다. 친구랑 특별한 용건 없이 수다 떠는 것 같은 일은 말할 것도 없었다. 그러면서도 나는 내가 원하는 만큼 부지런하거나 혼자 틀어박혀 공부에만 몰두할 수 있는 사람은 아니어서 이삼십대 대부분을 심한 자기혐오 속에서 보냈다.

이제는 일과 틈틈이 시간을 쥐어짜 효율성을 곱절로 올리려던 나 자신이 딴사람처럼 느껴질 정도로 그때의 나와 멀어졌다. 그 기준에 따르자면 난 앞으로 나아가지 않은 지 꽤 됐다. 더 이상 외국어 공부도 하지 않는다. 점심시간에도, 주말에도 짬을 내어 효율을 높이려는 시도를 그만두고 대개 그냥 통으로 쉬는 쪽을 택한다. 그렇게 나 자신에게 조금 관대해졌다. 왜 시간을 낭비하느냐고 자책하거나 더 시간을 쪼개 쓰는 방법을 찾는 대신 조용히 되뇐다, 나는 충분히 열심히 하고 있다고. 나는 아침에 일어났고, 아이들을 깨웠고, 밥을 했고, 도시락을 쌌고, 출근을 했다. 출근길에는 호러 팟캐스트를 들었다. 10분, 5분, 그보다 더 조금씩 떼어내서 시간을 잘 쓰면 더 훌륭한 사람이 될 수도 있겠으나 나는 그럭저럭 성인 한 사람 몫을 했으므로 '5분 효율'이라는 칼날을 피해서 늘어져 있을 것이다.

깨끗하게 청소된 집과 정리된 책상과 해야 할 일 리스트 등으로 가득한, '깔끔하게 정리된 완벽한 삶'을 10이라 하면 그에 한참 못 미쳐도 괜찮다. 5분, 10분을 여기저기서 효율적으로 잘라내 완벽한 10에 가까이 가는 일이 누군가에게는 소중한 목표가 될 수도 있다. 하지만 지금의 나에게는 아니다. 무언가 하기 위해 떼어내는 5분은 공짜가 아니다. 내 의지력에서 깎아 가져오는 일이다. 그 5분으로 인해 나는 저녁에 조금 더 피곤할 것이고, 아이들을 향한 인내심도 조금 더 줄어들 것이다. 그러므로 나는 점심을 먹고 남은 자투리 시간에 요가 매트에 누워서 천장을 바라볼 것이다. 책상에 쌓인 서류는 나중에 때가 되면 한꺼번에 정리하겠다.

나는 그가 누군지 모른다

스무 살에 풀타임으로 일을 시작했다. 그때 나는 월급 받는 직장인으로 당당하게 출근한다는 것에 아주 고무되어 있었다. 어엿한 어른이 되었다고 우쭐했다. 한국에서는 처음 회사에 들어가면 커피부터 타야 한다던데, 상사 책상도 닦아야 하고 탕비실 정리도 해야 한다던데, 하는 말을 듣곤 했지만, 인건비가 말할 수 없이 낮아서 어지간한 가정에서도 다 가사도우미를 고용하던 남아공에서는 사무직 직원이 회사에서 주변 청소와 정리를 스스로 맡아 할 일은 없었다. 내 컵은 내가 씻지 않았고 내 휴지통은 내가 비우지 않았고 내 자리도 내가 정리하지 않았다. 대신 해주는 누군가가 늘 있었다. 그것이 너무 당연해서 누가 대신 해준다는 사실조차 알지 못했다.

나중에야 그 시절에 아무 생각 없이 나 자신을 '청소해야 하는 이들'과 별개의 존재로 분리해서 보던 버릇이 있었음을 깨닫고 뜨악했지만 그때는 그것이 나의 능력을 대접받는 증거라고도 생각했다. 어릴 적엔 학교에서 무언가를 잘못하면 벌로 청소를 하는 일이 흔했는데, 그렇게 하면 아이들이 청소를 하찮은 노동으로 여기게 될 수도 있다 하여 요즘엔 벌 청소를 없앴다고 들었던 것도 같다. 학교에서는 벌 청소가 없어졌을지 모르나 세상 어디에서도 청소를 고급 노동으로 봐주는 곳은 보지 못했으니 청소 노동을 얕잡아보는 태도가 학교생활에서만 비롯된 선입견은 아닐 것이다.

가정을 꾸리고 집 안을 스스로 쓸고 닦으면서 비로소 회사의 내 자리를 나 대신 치워주는 사람이 있다는 것을 깨달았다. 그렇지만 지금도 여전히 나는 그가 누군지 모른다.

이제 회사에서도 내 컵은 내가 씻는다. 하지만 내가 모르는 새에 탕비실의 싱크대는 날마다 물기 하나 없이 반짝반짝하게 닦여 있다. 차와 커피는 늘 모자람 없이 가지런히 채워져 있다. 내 책상 밑 휴지통은 날마다 비우지 않아도 될 것 같은데 아침에 출근해 보면 언제나 말끔히 비워지고 새 비닐봉지가 씌워져 있다. 예전엔 이렇게 관리가 잘된 사무실의 쾌적함을 그저 누리기만 했는데 요즘엔 그 뒤에 반드시 사람이 있다는 사실에 먼저 마음이 쓰인다. 내가 쓰는 공간을 가꿔주는 이름 모를 사람들. 그들은 세면대에서, 싱크대에서 물을 한껏 튀기고 닦지 않은 나를 원망할까, 생각도 한다. 집에서 아이들이 부엌에 물을 튀기고 닦지 않는다면 나는 당장 화를 낼 텐데.

청소 노동은 외주화되었고 청소 노동자 또한 정당한 보상을 받고 노동을 하는 것이니 내 알 바 아니라고 생각하는 경우가 많은 것 같다. 어릴 때 아무 데나 쓰레기를 버리면서 '나는 고용 창출 중이야' 하던 애들이 있었는데, 놀랍게도 어른이 되어서도 그런 사고를 하는 사람들을 자주 만났다. 식당에서 밥을 먹고 나서 내가 먹은 자리를 조금만 정리해도 여기 직원들이 해야 할 일을 왜 손님인 네가 쓸데없이 거드느냐고 타박하거나 음식물을 바닥에 흘리거나 쏟고도 그냥 내버려두면서 치우는 사람에 대한 최소한의 배려도 보이지 않는 태도. 그 밑에는 내가 '돈'을 냈으니 이 정도는 당연히 서비스받아야 한다는 생각이 깔려 있다. 대가를 지불하고 그에 합당한 서비스를 받는 것을 당연하다고 여기는 부류에 나도 얼마간은 포함된다. 그러나 내가 받아들일 수 있는 정도보다 더 심하게 '돈으로 해결할 수 있는 서비스'로 취급하는 시스템에는 흠칫하게 된다. 친구 집에 가서 저녁을 대접받고 "잘 먹었습니다. 얼마 드릴까요?"라고 한다면 분위기는 갑작스레 싸늘해질 것이다. 어머니에게 "내 방 치워주면 만 원 줄게" 하는 것도 마찬가지다. 하지만 영문과에 다니는 동생에게 "이 문장 번역해주면 만 원 줄게"는 그렇게 무례하게 들리지 않는다. 물론 이 기준은 사람마다 다르겠지만 말이다.

남아공에서 어디로 이민을 갈 수 있나 고민하다가 싱가포르에 잠깐 가본 적이 있다. 그곳에 먼저 가 있던 친구 덕에 현지인 동료에게 안내를 받으며 저녁을 같이했다. 이민에 관해 이것저것 물어보고 상의하는데 그 동료가 당부했다. 싱가포르에서는 주변 동남아시아 출신의 가사도우미를 구하기 쉬운데 도우미를 고용하게 되면 꼭 그들의 여권을 직접 보관하고 자국인들과 어울리지 못하게 하라는 것이었다. 안 그러면 자국인들끼리 같이 어울리며 정보를 나누고 돈을 더 주는 데로 쉽게 옮기거나 도망갈 수도 있다고 했다. 나는 흠칫했다. 아니, 당신도 직장인인데, 같은 업계 사람들과 이야기 나누면서 정보도 얻고 연봉 더 주는 데로 가고 싶지 않겠소? 비자 문제로 묶여 있는 당신을 착취하면서 여권까지 빼앗고 일부러 떠나지 못하게 한다면 경찰에 신고하지 않겠소? 사실 싱가포르만의 이야기도 아니다. 한국에 온 이주노동자, 결혼이주자들도 비슷한 취급을 받는다. 돈을 주고 데려왔으니 마음대로 부려먹고 관리해도 된다는 태도.

탕비실에 갈 때마다 나는 멈칫한다. 내가 모르

는 사이 내 주변이 마법처럼 말끔하게 치워지고 정리되는 것이 유독 신경 쓰이는 이유는 뭘까. 청소 노동이 내가 집에서도 늘 하는 노동이라서, 내 가족이 나를 자기들 없을 때 나타나 싹 치우고 뿅 사라지는 우렁 각시 혹은 가사 로봇으로 여긴다면 섭섭할 것 같아서 더 신경 쓰이는 걸까. 구내식당에서 밥을 먹을 때나 셔틀버스를 탈 때보다 유독 잘 정리된 탕비실에서 이런 기분이 드는 건 왜일까. 청소 역시 그저 비용을 지불하면 받을 수 있는 서비스인데 내가 내 가족을 위해 하는 일이라고 더 가치를 부여하는 것일까. 고작 싱크대 주변에 물이 덜 튀도록 조심조심 컵을 닦으며 이름 모를 탕비실의 요정을 생각한다.

모드 전환

4년 전 '내 인생의 마지막 이민이다'라고 이를 갈면서 9년간의 영국 생활을 정리하고 미국으로 터전을 옮겼다. 런던에 있다가 시애틀 근교로 와보니 이곳은 그야말로 신세계였다.

남아공에서 자랄 때는 넓은 집을 당연하게 여기고 살다가 영국에 가서 아이들 낳고 복닥거리며 지내는 동안 공간에 대한 감각이 많이 달라져 있었다. 미국의 새집은 어디든 널찍널찍했다. 거실은 넓고 수납 공간은 충분했다. 영국에서라면 방으로 썼을 만큼 큰 다용도실에 세탁실까지 따로 있었다. 하지만 인간은 정말이지 적응의 동물이라 올챙이 적 시절은 또 금방 잊어버렸다. 그리고 6개월 후, 코로나 사태가 터졌다. 우리 가족이 영주권 인터뷰를 마친 날이 금요일이었는데 바로 다음 월요일부터 미국 이민국에 셧다운 조치가 내려졌다. 2020년 3월, 느닷없이 재택근무가 시작되었다.

우리 집에는 체리목으로 우아하게 꾸며진 서재가 있다. 아니, 있었다. 남편이 점령한 뒤로 처음 이사 왔을 때의 우아한 이미지가 완벽히 사라졌으므로. 남편이 서재를 먼저 차지하고 내가 뒤늦게 재택근무를 시작하는 바람에 나의 작업실이 문제였다. 주방

옆에 책상이 있긴 하나 빌트인이라 높이 조절이 불가능해서 한 시간 이상 앉아 있기 힘들었다.

우리 집의 전 주인은 노부부였는데 부인이 옷에 관심이 많았던 것 같다. 안방에 딸린 옷방만도 상당한 크기인데 집 안 여기저기에 옷장과 신발 보관함이 따로 있었고 계단 밑에도 옷방 하나가 따로 있었다. 거기서 옷장을 들어내고 페인트칠을 했더니 혼자 쓰기에 알맞은 아담한 작업실이 생겼다. 옷방을 개조한 것인 데다 계단 밑이기도 하니 해리 포터라도 된 기분이었다. 그곳에 책상과 의자를 갖다 놓고 재택근무를 시작했다.

코로나로 격리 생활이 길어지면서 나를 둘러싼 세상이 달라졌다. 예전에는 분명 '바깥세상'이라는 커다란 유리구슬 한구석에 '우리 집'이 있었는데, 이제 바깥세상은 점점 작아지고 우리 집이 점점 커졌다(바깥세상이 실재하는지조차 알 수 없는 날도 많았다). 워낙 집 밖으로 잘 안 나가는 성격이라서 코로나 이전만 해도 '가택연금'이 과연 처벌인가 하는 의문을 품었던 나는, 격리 생활 6개월이 지나자 무려 '산책'이라는 것을 시작했다. 그리고 1년이 지나고서는 깨달았다. 나는 일주일 이상 우주여행은 못 하겠구

나. 달나라 기지 같은 곳에서도 못 살겠구나. 나는 내가 완전히 내향 집순이라고 생각했는데 그것도 한계가 있었다.

　　꼬박꼬박 산책을 하고 동네를 슬슬 뛰어보기도 했지만 여전히 내 일상의 90퍼센트는 집 안에서 이어졌다. 남편과 나는 작업실에서, 아이들은 거실에서 각자 할 일을 하고, 밥 먹으러 모이고 흩어지기를 반복했다. 공간은 나뉘어 있었지만 하루 종일 한집에서 지내다 보니 일과 생활이 점점 한 덩어리로 뭉쳐지기 시작했다. 부엌에 차 한잔 타러 가다가 아이들 숙제를 봐주기도 하고, 밥을 차리다 말고 업무 관련 통화를 하기도 했다. 평일에는 대충 치우고 주말에 몰아서 대청소를 하던 습관에도 변화가 생겼다. 온 식구가 하루 종일 집에 있으니 날마다 치우고 정리하지 않으면 안 되었다. 예전에는 각자 방에서 지내는 시간이 많았는데, 이제는 온 식구가 거실에 모이는 일이 많아졌다. 커다란 빈백이 놓인 거실은 온 가족에게 가장 사랑받는 장소가 되었다. 그렇게 세상은 우리 집, 거실, 작업실, 가족과 나로 좁아져갔다.

　　2021년 12월, 코로나 확산세가 누그러지면서 닫혔던 바깥세상이 다시 열렸다. 거의 2년 만이었다.

나는 재택근무를 위해 가져왔던 모니터와 데스크톱을 다시 챙겨 사무실로 출근했다.

많은 동료들이 원격 근무를 끝내고 사무실로 돌아왔지만 이전의 숫자에는 한참 못 미쳤다. 재택근무의 끝을 애도하는 동료들이 많았고 의외로 사무실로의 복귀를 반기는 이들도 있었다. 코로나 전만 해도 나는 틀림없이 전자에 해당했겠지만 아니었다. 나는 코로나 이후에도 텅텅 비어 있는 사무실에 누가 시키지 않아도 꼬박꼬박 출근한다. 하루 종일 아무도 볼일이 없어도 그렇다.

출퇴근 할 때의 지옥철, 러시아워의 복닥거림을 다들 증오하는 줄 알았는데, 꼭 그런 것만은 아니었다. 하루 중 그때가 오롯이 혼자 즐길 수 있는 시간이라는 이도 있었고, 출근할 때는 사회인으로, 퇴근할 때는 가정의 나로 변신하기 위한 준비 시간을 가질 수 있어 좋다는 이도 있었다. 정체성과 역할을 구분하는 시간과 공간의 막, 또는 터널이라고 해야 할까. 사무실로 가면서는 집에서 해야 하는 일과 아이들 학교 관련 문제를 잠시 지우며 업무 모드로 전환하고, 사무실을 떠나면서는 끝내야 하는 업무와 다음 날의 미팅을 지운다. 그렇게 구역 정리를 하고, 출퇴근은 그런 구역을 통과하는 포털이 된다. 아무리 예쁜 상자를 마련해 라벨까지 붙여두어도 옷장 안이 엉망이 될 때가 있듯이 직장인과 살림인 모드가 늘 완벽하게 구분되지는 않지만, 그래도 모드 전환의 시간과 공간이 있다는 것만으로도 좋다. 출근하면서는 집 안의 너저분함이 눈앞에 보이지 않고 작은 내 책상에만 집중할 수 있어 덜 산만하고, 퇴근 시간이 되면 일을 다 끝내지 못했어도 내일 새로운 마음으로 임할 수 있게 오늘은 이 정도라고 선을 긋고 잊어버릴 수 있도록 나 자신에게 허락하는 느낌이라서 좋다. 정리가 쉬워진다는 이유로, 어느새 나는 출퇴근 지지자, 재택 백 퍼센트 반대자가 되어 있다.

단정함과 통일성

여러 가지가 한데 모여 있을 때는 선이 단순해야 정갈하고 깔끔해 보인다. 색깔을 맞추거나 흑백으로 단순화시키는 방법도 효과적이다. 색깔이 다르다면 크기나 질감을 통일하는 방법도 있다. 어쨌거나 무질서 속에서도 어떤 일관성이 존재하면 확실히 조금 더 정돈되어 보인다.

　　일관성, 통일성, 정연함. 이런 상태를 전혀 즐기지 않는 사람은 거의 없다. 스포츠 팀을 응원할 때 같은 색 옷을 맞춰 입으면 왠지 더 기운이 난다. 똑같은 제복을 차려입고 한 몸처럼 절도 있게 움직이는 퍼레이드를 보면 절로 환호가 터진다. 정확하게 각도를 맞춰 리듬을 타는 아이돌 그룹의 군무를 보면 어떤 쾌감마저 느껴진다. 그렇지만 미국에 살면서 집집마다 잘 가꾸어진 정원을 볼 때면 마음이 복잡해진다.

　　'라운드업(roundup)'이라는 제초제가 있다. 우리말로 옮기면 '일망타진'이라는 이름답게 이것을 뿌리면 정말 잡초들이 다 죽는다. 아마 사람에게도 좋지 않을 것이다. 상당히 위험한 화학물질일 듯하나 (이 제품의 유해성 논란은 아직까지 계속되고 있다) 어느 정원 용품점을 가도 엄청나게 쌓여 있다. 이것만 있으면 정원의 일관성을 손쉽게 관리할 수 있기 때문이다. 내가 허락하는 몇 가지만 내가 원하는 자리에 자랄 수 있도록.

잔디밭은 아주 오래전 귀족들이 부를 과시하기 위한 수단이었다고 한다. 잔디 깎기 기계가 있는 요즘에도 잔디밭을 단정하고 고르게 유지하려면 손이 엄청 간다. 물도 자주 뿌리고 잡초도 수시로 뽑아줘야 하는 등 귀찮은 일이 많다. 요즘에도 미국에서 잔디를 관리하기 위해 쓰는 물이 야외 물 소비량의 절반 이상을 차지한다고 한다. 이는 주거지역 물 소비량의 3분의 1에 육박하는 양이기도 하다. 살충제, 제초제, 비료 등을 농경지보다 열 배는 더 들이붓는다는 잔디밭에 하루에 4백억 리터의 물이 뿌려지고 그렇게 화학약품은 하수로 흘러 들어간다. 눈에 거슬리는 '잡초'는 모두 없애고 잘 정돈되고 푸릇푸릇한 보기 좋은 정원을 얻기 위해 지불하는 환경 비용이다.

단정함에 대한 선호는 정원 밖에서도 쉽게 찾아볼 수 있다. 만약 합창단 전원이 올 블랙으로 깔끔하게 맞춰 입었는데 한 명만 하얀 신발을 신고 있다면 눈에 띌 것이다. 그런데 눈에 띌 뿐만 아니라 그 하얀 신발이 눈에 거슬린다면? 그렇게 거슬리는 부분이 신발이 아니라 성별이나 피부색이라면? 어릴 때부터 나고 자란 동네에 갑자기 피부색이 다른 이웃이 나타날 때 경계하는 것, 회사에서 모든 팀원이 같은 문화권 사람들이라 회식하기 편했는데 특정 종교인이나 채식인이 새로 들어오면서 불편하게 느끼는 것, 동성끼리만 지내다가 다른 성별의 구성원이 들어오면 행동에 제약이 생긴다고 여기는 것 등. 다수의 입장에서는 통일성과 일관성이 흐트러지면서 생기는 반감과 거슬림일 뿐이라고 생각할지 모르지만 그 대상이 되는 소수에게는 직장 내 따돌림과 거주지에서의 차별과 생활 터전의 위협, 나아가 미래 선택의 제한으로 이어질 수 있는 것들.

남아공에서 자라면서 가장 난감했을 때는 신상 정보 관련 서류에서 필수항목을 체크해야 하는데 나에게 해당하는 항목이 없을 때였다. 그곳에서 서류에 해당 인종을 표시할 때 보통의 선택지는 백인, 흑인, 인도인, 컬러드(colored), 이렇게 네 가지로 구분돼 있었다('컬러드'는 오래전 유럽에서 온 이주민과 아프리카 원주민 사이에서 태어난 이들의 후손으로, 그들만의 문화가 뚜렷하여 '혼혈'이라고 하기만은 어렵다). '기타란'이 있었으면 거기에 표시를 했겠지만 네 가지만 있으니 참 난감했다. 만약 요즘처럼 온라인으로만 제출할 수 있는 서류가 많았다면 나는 서류

작성에서부터 막혀 여러 가지 사회서비스를 이용하지 못했을 수도 있다.

영국과 미국으로 이민을 신청할 때도 가슴을 쓸어내린 적이 있다. 예전에는 서류상 남편이 가족을 부양하고 아내와 아이들을 피부양자로 올리는 것을 당연한 일로 받아들였으나, 나보다 앞선 여성들이 애쓴 덕에 이민 신청 서류에서 피부양자는 '아내' 대신에 '배우자'라는 단어로 바뀌어 있었다. 그래서 내가 이민 신청자이고 남편이 피부양자인 상황을 길게 설명할 필요 없이 간단히 서류를 낼 수 있었다.

남아공에서 내 인종은 어디에도 분류될 수 없는 '규격 외'였으나 그 밖의 조건에서 나는 '규격 내'에서, 별다른 부연 설명이 필요 없는 삶을 살았다. 기혼자에 아이는 둘, 동성 결혼이 아니고 아이는 입양을 하지 않았다. 그래서 서류가 간단했다. 하지만 성전환을 했다면, 동성 결혼을 했다면, 결혼을 하지 않았지만 내가 살던 나라에서만 통하는 다른 법적인 방식으로 맺은 파트너가 있다면 이민 서류가 훨씬 복잡해졌을 것이다. 아예 신청이 불가능했을 수도 있다.

성별 구분에서 여성과 남성, 둘로 나누면 됐지 뭘 또 복잡하게 다른 항목을 추가하려고 하느냐는 이들의 의견을 볼 때면 데이터 다루는 사람으로서 이해가는 부분도 있다. 애초에 데이터베이스에서 관련 데이터를 정의할 때 '성별'은 'Male' 아니면 'Female' 두 가지 중 하나만 되도록 설정했을 것이다. '결혼' 여부도 'True', 'False' 두 가지 중 하나만 되도록 설정했을 수 있겠다. 한국에서는 우편번호란에 다섯 자리 숫자만 기입하게 설정하면 되지만, 해외 이용자까지 고려한 웹사이트라면 우편번호 기입 형식을 다양하게 설정해야 한다(나는 한국의 온라인 쇼핑몰을 자주 들락거리지만 우편번호 기입에서 막혀 아무것도 주문할 수가 없을 때가 많다). 미국에서라면 주소란에 NY, WA 식의 약어로 표기된 주(州)를 반드시 선택하도록 설정되어 있을 것이다. 그러면 그렇게 항목이 추가되거나 변경될 때마다 그 부분만 그때그때 바꾸면 되지 않느냐고 생각할 수 있는데, 여기에는 아주 여러 가지 코드와 프로세스가 엮여 있어서 항목 하나 바꾸는 게 절대로 간단하지 않다. 개발자들은 이를 '이미 지어져 있는 건물을 오른쪽으로 10센티만 옮겨주세요'라는 요구에 비교하는데, 그 정도는 아니더라도 상당히 귀찮은 일임은 분명하다.

　　기존의 분류 항목에 예외를 허락하면 간단하고 보기 좋게 잘 정리되어 있던 데이터의 질서가 흐트러진다. 그러나 그런 예외가 추가되면서 시스템은 바뀌고 서류는 업데이트가 된다. 내가 이민을 신청할 때 여성으로서 주 이민 신청자 자격으로 남편을 피부양자로 더하는 것이 별문제 없이 가능했던 것처럼.

내가 살고 있는 시애틀은 몇 년 전부터 폭발적으로 늘어난 홈리스 문제로 몸살이다. 동네 주민들끼리 교류하기 쉽게 해주는 생활 정보 앱 '넥스트도어(Nextdoor)'에는 홈리스들에 대한 논란이 그칠 날이 없다. 그들에게 복지 정책을 행하면 다른 도시에서 더 많은 홈리스가 몰려온다고 반대하는 이들에게 거꾸로 대책을 물으면 '그들을 쫓아내라'라는 주장 말고는 없다. 홈리스 전체를 범죄자, 약물중독자 등으로 매도하며 감옥으로 보내라고 외치기는 쉽다. 반대로, 그들 한 사람 한 사람의 사정을 소개하는 영상을 보면서 '슬퍼요' 아이콘을 누르기도 쉽다. 그러나 근본적으로 홈리스 문제를 해결하기는 쉽지 않다.

확실히 홈리스가 모인 지역에 어지럽게 늘어선 텐트와 쓰레기 더미를 보면 깔끔하게 정돈된 거리가 그리워질 수밖에 없다. 솔직히 나 자신도 홈리스 문제가 없는 지역에 살기를 선호하나, 외국인노동자로서 몇십 년 살다 보니 나 역시 사회 구성원들이 경원

시하는 '정리 대상'이 될 수 있음을 경험할 수밖에 없었다. 체감상 외국인 비율이 절반 이상이라 차별은 거의 없다 느꼈던 런던에서조차 브렉시트 이후로는 외국인들에게 "네 나라로 돌아가라"라는 외침이 자주 들렸다. 생김새로만 보면 영국인보다 훨씬 더 백인인 폴란드인들을 벌레에 비유하며 그들을 쫓아내자는 주장도 많이 보였다. 그들에게 나는, 어떤 존재였을까.

최근 가정용 '라운드업' 제품 일부를 2023년까지 미국 시장에서 철수하기로 결정했다는 기사를 보았다. 이미 유럽에서는 2019년부터 라운드업의 수입을 금지하고 있다고 한다. 라운드업에 들어간 글리포세이트 성분의 발암 위험성 논란 때문이라고 하는데, 그 기사를 보면서 어쩐지 가지런한 잔디밭 여기저기서 싹을 내밀 잡초들이 먼저 생각났다. 잡초들이 결국 라운드업을 이긴 것만 같다. 혼돈이 질서를 제패한 케이스라고 해야 할까.

정리해고

2001년 처음 일을 시작했으니 이제 직장인 생활 20년이 넘었다. 월 50만 원을 주는 첫 직장에 개발자로 취업하고 너무나 신나서 러시아워를 피해 매일 아침 새벽 5시부터 한 시간을 운전해 다녀도 피곤한 줄을 몰랐다. 남아공에서 월 50만 원이면 첫 월급으로 괜찮은 편이었다. 이 많은 돈을 가지고 뭘 할까 행복하게 고민했었다.

그때부터 10년이 훌쩍 지날 때까지 한국에서든 어디서든 개발자는 딱히 남들이 부러워하는 직군이 아니었다. 한국에서는 삼디업종에다 서른 후반만 돼도 관두고 나가서 치킨집을 열어야 하나 고민할 만큼 수명이 짧은 직업이라는 이야기가 돌았으니 말이다. 그래도 개발직을 고집했던 이유는 아마도 남아공에서 자라서일 것이다. 대학 가는 사람이 소수이고, 어디 가도 먹고살 수 있는 기술직이 최고라는 생각이 일반적인 그 나라에서는 부유한 집 출신이 아닌 이상 대학에 가서 대단한 공부를 하기보다는 적성에 맞는 기술을 찾는 쪽이 자기 앞가림하기 좋다고들 믿었다. 개발 일은 사무실에서 할 수 있는 기술직이고, 전 세계 어딜 가나 비슷하며, 나라를 옮겨 직장을 구해도 자격증을 다시 따지 않아도 되니 여러모로 적당하다 싶었다.

그렇게 시작한 일인데 10년쯤 지나니까 사회적인 시선이 확 달라졌다. 15년이 지나니까 컴퓨터공학과 경쟁률이 하늘을 뚫을 기세로 치솟았다. 신입사원의 학력이 점점 더 높아졌다. 연봉이 미친 듯이 올랐다. 불안해지기 시작했다. 아, 이거 버블인데. 이거 오래 못 갈 거 같은데. 살짝만 망하면 몰라도 업계 전체가 펑 터지면 큰일 나는데.

코로나 사태가 터지면서 아, 드디어 올 것이 왔다, 이제 망하는구나, 했으나 오히려 주식이 고공 행진을 시작하고 테크 업계의 엄청난 고용 붐과 연봉 상승이 연일 이어졌다. 내가 너무 보수적이고 부정적인가, 이런 시기에 불안해하기보다는 즐기는 게 옳은가, 자문을 하게 되었다. 왜냐면 나는 먹고사는 문제에 관해서는 늘 겁이 많고 보수적이라서 언제나 망할 때를 대비하고 있었기 때문이다(그래서 회사 분위기가 안 좋다 싶으면 곧바로 이직을 준비하고 나라 분위기가 안 좋다 싶으면 이민을 준비하다 보니, 이십대에는 2년 이상 다닌 직장이 별로 없었고 남아공에서 영국을 거쳐 미국까지 이민도 두 번이나 가게 되었다).

절대로 터지지 않을 듯하던 버블, 아니 이제 이 것은 버블이 아니라 전 세계적인 트렌드인 듯싶던 테 크 업계가 2022년부터 흔들리기 시작했다. 많은 이 들이 선망하는 빅테크 기업들의 정리해고부터 시작 하여 수백 개의 테크 회사들이 몇천 또는 몇만 명씩 인원을 잘라내기 시작했다. 남편의 직장도, 내 직장 도 대대적인 정리해고 계획을 발표했다. 나는 해고 발표 전날이면 직장인들이 익명으로 글을 올리는 블 라인드 게시판을 하염없이 스크롤하며 말 그대로 '시 애틀의 잠 못 이루는 밤'을 보냈다. 정리해고는 아니 더라도 큰 회사 내에서 조직 변경은 아주 흔한 일이 다. 잦을 때는 6개월에 한 번씩 부서 이름이 바뀌고 윗윗윗사람이 바뀌며 몇 년마다 한 번은 소속 회사가 바뀔 때도 있었다. 팀 자체가 인프라 소속이다가 다 른 프로덕트 팀으로 넘겨진다거나 하는 일 말이다. 이럴 때 저 윗사람들의 시선은 내가 집 안 정리할 때 의 관점과 비슷할까, 문득 궁금했다. '이 서랍에는 이 것을 넣어두었지. 하지만 쉽게 꺼내 쓰지 않게 돼. 저 서랍은 너무 많이 집어넣어서 넘쳐나는군. 좀 꺼내서 다른 곳에 넣고, 이건 아무래도 안 쓸 듯하니 그냥 버 리고, 이 상자는 저 방에 두는 게 나을 것 같고….'

'이 팀에는 인원이 너무 많아…. 저 팀에 좀 모

자라니 더 넣고, 여기는 너무 복잡해졌으니 좀 정리하고. 이 사람은 저 팀으로, 저 사람은 아무래도….' 이런 생각으로 기업 내의 조직도를 바라보는 것일까. 그렇게 정리된 조직도를 바라보면서 뒷짐을 지고 만족하며 웃을까. 끼워 넣기나 재배치에 포함되지 못한 조각들은 한쪽에 모아두고 '미안하지만 너희들하고는 헤어져야겠다' 하는 걸까. 정리 마스터 곤도 마리에처럼 갖다 버리기 전에 '그동안 감사했습니다'라고 인사를 할까. 아이들이 어린 시절 그려댄 낙서에 가까운 그림들을 차마 버리지 못하고 모아두었다가 결국 치워야 할 때가 오면 살짝은 미안하고 혹시나 해서 다시 뒤적여보는 것처럼, 그 사람도 그리할까.

디지털 호더

'호더(hoarder)'라고 불리는 이들이 있다. '저장강박증'이라고 하는 증상에 시달리는 이들은 병적일 만큼 물건을 계속 모아대고 무엇도 버리지 못한다. 집 안은 쓰레기장을 방불케 하는 상태지만 의외로 밖에서는 멀쩡하게 일하면서 사는 이들도 많다. 온갖 쓰레기와 열어보지도 않은 택배, 주워 모은 가구와 헌 옷, 가재도구 등으로 가득 찬 그들의 집을 보면 누구든지 조금씩은 게으르고 늘 깔끔하지는 않으면서도 '아무리 그래도 저 정도는 아니다!' 하며 손가락질하고 혀를 내두르기에 딱이다. 그렇다 보니 호더는 방송매체에서 즐겨 다루는 주제일 수밖에 없다. 원래의 상태와 싹 치우고 말끔해진 상태를 극단적으로 비교해서 보여주는 프로그램은 시청자들을 사로잡기에 그만이다. 비포와 애프터가 한눈에 드라마틱하게 바뀌는 호더의 서사는 공간이 정리됨으로써 한 사람의 인생이 통째로 거듭나는 것 같은 후련함마저 선사한다. 물론 실생활에서 그런 강박증에 시달리는 이들은 소수이다. 그런데 우리의 디지털 삶은 어떤가.

채팅방에서 메시지를 받으면 곧바로 대답을 하지 않고 '읽씹' 하는 것이 얼마나 예의 없는지에 대해 논란이 가끔 인다. 나는 '읽지 않음' 아이콘이 시뻘겋

게 떠 있어도 전혀 신경이 쓰이지 않지만 그렇지 않은 이들이 훨씬 더 많을 것이다. 그들은 메시지가 왔다는 것을 확인하고서도 일부러 읽지 않고 그냥 두는 것은 상당한 악의 없이는 불가능한 행동이라고 여기기도 한다.

직장 동료 중에서는 '인박스 제로' 족도 자주 보인다. '읽지 않은 메일' 표시를 견디지 못하고, 최대한 그런 상황을 피하기 위해 받는 메일을 위한 분류 규칙도 아주 상세하게 설정한다. 문자메시지나 채팅방 역시 꼼꼼히 분류하고 필요하지 않으면 그때그때 삭제한다.

얼핏 정리와 삭제가 쉬워 보여도, 사실 디지털 라이프는 우리가 실제로 살고 있는 환경에 비해서 관리하는 데 훨씬 품이 많이 든다. 필름카메라였으면 한 번 찍었을 사진을 휴대폰으로는 수백 번을 찍는다. 그래 놓고 보지도 않는 사진을 지우지도 않고 정리하지도 않는다(휴대폰으로 찍은 사진을 그때그때 적당한 폴더로 분류해 정리해두는가? 그렇다면 당신은 진정한 정리의 고수다).

당장 눈에 보이지 않을 뿐이지, 우리가 디지털 생활에서 생성해내고 쌓아두는 디지털 쓰레기를 보면 다들 웬만한 호더 저리 가라다. 실생활에 비유해 보자면 이렇다. 당신이 식사 때마다 먹은 음식을 보관 용기에 넣고, 그 용기를 열 번 더 포장하고 날짜 라벨을 붙여 부엌 한구석 서랍에 넣어둔다. 그럴 때마다 당신의 일거수일투족을 주시하는 수십 수백 명의 사람들이 사진을 찍고 기록을 남기고 몇몇은 몰래 음식이 들어간 서랍을 열어보고 똑같은 음식을 복제해서 자신의 집으로도 실어 날라 보관한다. 과자 부스러기 하나도 과대 포장 열 번을 거쳐 그런 식으로 박제된다.

지나친 비유인가? 하지만 디지털 커뮤니케이션의 본질이 이것이다. 트위터에서 단순하게 인터넷 뉴스를 공유하며 "우와!"라고 한마디 쓴다고 하자. 그것은 다음과 같이 포장된다.

```
{
  "created_at": 1680489087,
  "id_str": "850006827463895744",
  "text": "우와!",
  "user": {
    "id": 123456789,
    "name": "Test account",
```

```
        "screen_name": "Test account",
        "location": "Internet",
        "url": "https://newslink",
        "description": "뉴스링크"
    },
    "place": { },
    "entities": {
    "hashtags": [ ],
        "urls": [
         {
           "url": "https://t.co/abcd",
           "unwound": {
             "url": "https://somelinke/",
             "title": "News title"
           }
         }
       ],
        "user_mentions": [ ]
     }
}
```

물론 이것이 다가 아니다. 당신이 이런 트윗을

했다는 로그 역시 생성되고, 당신의 팔로워들에게 갈 노티피케이션도 생성되어 뿌려진다. 그저 뉴스 링크 하나 공유하면서 "우와!"라고 한마디 올린 것뿐이지만 당신이 만들어낸 디지털 아티팩트는 그것의 수십, 수백 배에 달한다. 이 내용이 인터넷을 거쳐 가기 위해 어떻게 포장되어 몸집을 불리는지는 여기에 포함하지도 않았다.

검색을 위해 구글 크롬 웹브라우저를 연다고 하자. 그 간단해 보이는 페이지에서 마우스를 우클릭하고 '페이지 소스 보기(view-source)'를 선택하면 그 웹페이지의 실제 원본이 뜬다. 상상하기 힘들 정도로 길고, 실제로는 공개되지 않은 기계학습 모델과 여러 전처리와 후처리까지 포함하여 훨씬 더 복잡하다. 나의 검색 한 번은 검색어의 수만 배에 해당하는 디지털 흔적을 흩뿌리게 된다.

디지털 쓰레기 만들기는 인터넷 사용에만 한정되지 않는다. 스마트워치를 생각해보자. 내 심박수가 실시간으로 측정되고 기록되는 그 내용 자체는 그리 길지도 복잡하지도 않다. 그러나 일단 스마트워치로 측정된 내용은 블루투스로 내 휴대폰에 전송되고, 그 내용은 또 인터넷을 통해 관리시스템에 저장되면서 재가공된다. 서버가 다운되거나 데이터베이스가 잘

못될 가능성이 있으므로 데이터는 늘 복제되어 관리된다. 그리하여 오늘 아침 10시 30분 23초에 내 심박이 67이었다는 간단한 정보는 아마 수백 배로 몸집을 불려 한참을 존재할 것이다.

가끔은 그렇게 인공적으로 과잉생산되는 기록들에 질린다. 내 메일함에는 읽지 않은 메일이 수만 개나 있다. 동료가 업무를 할 때마다 관련 이메일이 수없이 쏟아진다. 거의가 자동으로 생성되는 것들이다. 내가 만들어낸 것들도 그중 상당수를 차지한다. 모니터링, 트래킹 등 뭔가 바뀌는 게 있으면 나에게 연락을 하라고 설정해둔 것들도 쌓여 있다. 그리고 나는 직업상 그런 이메일 하나, 채팅 메시지 하나가 얼마나 과대 포장되어 있는지, 어떻게 중복 저장이 되는지 잘 알고 있다. 일상에서 최대한 음식 쓰레기와 포장 쓰레기를 줄이려고 하지만, 그에 비교하는 것 자체가 우스울 정도의 디지털 쓰레기를 매일같이 만들어낸다는 것을 잘 알고 있다.

내가 코드나 시스템 테스트에 몇 시간을 썼다면 그것만으로도 이미 백과사전 뺨칠 정도의 기록이 생성된다. 아무도 그 기록을 다 읽지 않지만 중요한 몇 부분은 가공되어 다시 기록으로 전파된다. 아침에 눈

뜬 이후부터 하루 사이에 내가 생성한 디지털 흔적만 헤아려봐도 팔만대장경 이상의 분량이 나올 것이다. 만약 코딩 에러를 몇 번 내고 시스템 테스트를 서너 번 거친다면 이집트문명이 만들어낸 기록물에 기자 지구의 피라미드보다 더 많은 디지털 쓰레기를 쌓아 올릴 수도 있을 것이다. 그저 눈에 보이지 않을 뿐이다. 그렇다 보니 굳이 정리하거나 지우지도 않는다.

다만 현실에서 버려지는 일반 쓰레기와는 달리, 디지털 쓰레기는 처리하겠다고 나서는 이들이 수도 없이 대기하고 있다가 날름날름 받아먹는다. 흔히 개인정보 관련 동의서를 보면 사적인 내용은 절대로 유출하지 않겠다는 점을 강조하는데 그 말은 맞다. 가령 '홍길동이 가가시 나나동 다다아파트 111호에 산다'는 정보는 유출되지 않을 것이다. 그러나 홍길동의 거의 모든 온라인 활동은 합계 분석되어 수만의 AI 모델 양산에 일조했을 것이다. 그리하여 홍길동이 검색창에 '귀'만 입력해도 홍길동이 사는 아파트, 홍길동과 같은 나이대, 홍길동의 지난 검색 결과를 종합해 자동완성으로 홍길동에겐 어린아이가 있다는 것을 알아내고, 지금 그 아이가 중이염 때문에 귀가 아파서 병원을 찾고 있을 거라고 파악한 뒤 근처 이비인후과 명단을 보여준다. 혹은 그가 이전에 산 원피스에 어울리는 귀걸이의 목록을 보여줄 수도 있다. 이 것은 수백 수천만의 인터넷 사용자들이 남긴 흔적을 받아 먹고 자라면서 자동완성 배틀로열에 도전하고 다른 어수룩한 검색 모델들을 잡아먹은 역사이다. 벌써 수천만 세대를 거쳐 진화한 검색 모델은 당신의 이름이 홍길동이든 심청이든 상관하지 않는다. 당신이 정확하게 어느 아파트 몇 동 몇 호에 사는지도 관심 없다. 하지만 당신이 어떤 단어를 검색하고 어떤 물품을 선호하고 어디에 돈을 쓸 예정인지에는 아주 관심이 많다. 그 정보를 사려고 대기하고 있는 이들 역시 당신의 이름이나 당신의 전 애인에게는 관심이 없다. 그러나 당신이 새 귀걸이를 찾고 있다는 정보는 아주 짧은 시간 내에 정보상들에게 팔릴 것이고 그들은 당신의 검색 결과에 이름을 올리기 위해 그 정보에 돈을 지불할 것이다.

현대인으로 살아가면서 모델하우스급의 깨끗한 온라인 프로필을 유지하기는 불가능하다. 눈에 보이지 않을 뿐이지 우리는 어딜 가든 온갖 발자국을 남기며 부스러기를 질질 흘리고 다닌다. 그리고 그 흔적들은 아주 정성스럽게 포장되고 가공되어 수천만의 저장소와 검색 모델들이 반기는 먹이가 된다. 내 마음을 나보다 더 잘 아는 듯한 검색 결과는 바로 그 결과물이다.

영국에서 찾은 첫 직장에서 '킹가'라는 폴란드 여성 엔지니어를 만났다. 삼십대 초반에 아이도 어렸는데 엄청난 실력으로 빠르게 팀장 자리에 오른 사람이었다. 말투가 조금 투박하고 원칙주의자라 다른 이들과 약간 마찰도 있었지만 나에게는 그저 대단하게만 보였다.

2년 정도 지나 나도 아이를 가져 출산휴가를 갈 즈음, 그녀가 암에 걸렸다는 소식을 들었다. 그리고 소식을 들은 지 1년도 되지 않아 부고를 들었다. 마지막으로 그녀를 봤을 때엔 어떤 치료 때문에 언어 능력을 상실했지만 말은 알아들을 수 있다고 남편이 설명했다.

내 나이대의 가까운 사람이 죽는 경험은 그때가 처음이었다. 나도 킹가도 페이스북에서 활발히 교류하는 편은 아니었지만 그래도 페친이었고, 아이를 낳은 후로는 킹가의 어린 딸이 더욱더 마음이 쓰여 가끔 찾아가보곤 했다. 남편의 할머니는 아들을 일찍 보내고 나서 아들이 남긴 음성메시지를 계속해서 돌려 듣곤 했다던데, 나에게는 킹가의 페이스북 페이지를 들여다보는 것이 일종의 추모 방식이었던 셈이다. 그

즈음 디지털 장례와 관련된 사회적 논의가 이어졌다. 얼마 후 페이스북에서는 나에게 무슨 일이 생길 경우 내 계정을 관리할 수 있는 친구나 가족을 미리 설정하는 기능을 출시했던 것으로 기억한다.

사실 직접 만나본 적은 없는 페친이 실친보다 많고, 오랫동안 글이 올라오지 않는 계정은 계정주가 죽었는지 살았는지 알 수가 없다. 내가 죽더라도 내 계정에 로그인이 가능하다면 온라인상의 '나'는 영생을 살 수도 있을 것이다. 그렇게 소거되지 않고 정리되지 않고 계속 살 수도 있을 것이다. 나는 그렇게라도 기억되길 원할까. 내가 떠난 후에도 내가 남긴 디지털 흔적이 피라미드 몇 개의 부피로 서버 룸 어딘가를 차지하며 남아 있길 원할까.

기억의 수납장

기본적으로 과거에 일어난 일에 대한 기억은
모두 틀렸다. [⋯] 지나간 일에 대한 기억은
부호화, 강화, 저장, 인출의 각 단계마다
편집·왜곡될 가능성이 있다. [⋯] 상상, 의견,
추측이 개입하면서 없던 재료가 들어가기도 하고
들어가야 할 재료가 빠지기도 한다. [⋯] 한번
저장된 기억이라도 얼마든지 바뀔 수 있다. 너무
오래 방치된 기억은 시간이 지나면서 변질된다.
[⋯] 또 저장된 일화기억을 인출할 때마다
내용이 달라질 가능성이 높다. [⋯] 우리는 방금
인출한 기억 대신 새로 바뀐 2.0 버전의 기억을
재강화해서 저장한다. [⋯] 좀 전에 인출한 이전
기억은 이제 없다.[*]

　　『기억의 뇌과학』에서 이 부분을 읽고 내가 연상
한 것은 거대한 팬트리였다. 언제 써먹을지 모르니
이것저것 다 저장해두는 냉장고와 냉동고, 그 외 부
식을 저장해두는, 분명히 사서 넣어둔 것 같은데 아
무리 뒤져도 없다가 나중에 엉뚱한 데에서 튀어나오

[*]　　리사 제노바, 『기억의 뇌과학』, 윤승희 옮김,
　　　웅진지식하우스, 2022, 113-116면.

곤 하는 식품 창고 말이다.

　　인간이 무언가를 기억하는 방식은 에피소드 기억과 시스템 기억으로 나뉜다고 한다. 누구와 무슨 대화를 나누었고 어디에 가서 무엇을 했는지는 에피소드 기억이고 읽은 책이나 공부한 내용은 시스템 기억에 해당한다. 나는 에피소드 기억이 특히나 취약한 편이어서 1년 전에 여행 가서 찍은 사진을 봐도 가물가물할 정도이다. 어떤 노래를 들으면 과거의 추억과 감정이 자동으로 떠오르며 그때의 따스한 햇살과 바람에 실린 꽃향기까지 기억난다는 이들도 있다던데, 그에 비하면 내 기억은 빛바랜 신문에 남은 해상도 낮은 사진 정도밖에 안 된다. 감정적인 기억도 잘하지 못해서 누구와 싸웠거나 안 좋은 소리를 들어도 쉽게 잊어버리는 편이다. 물론 좋은 기억도 잘 잊는다. 사진을 보면서 그냥 그런 적이 있었으려니 할 뿐이다.

　　큰아이가 갓난아이였을 시절, 보채는 아이를 재우면서 이걸 나만 기억하겠구나, 하는 서러움과 허무함이 몰려왔다. 그와 동시에 나 자신도 곧 잊을지 모른다는 두려움도 겹쳐졌다. 아이의 보드라운 솜털과 냄새, 우느라 달아오른 얼굴을 아이가 내 목덜미에 비벼댈 때의 그 온기를 잊어버리지 말자 다짐하며 더

꼭 끌어안았다. 그 기억은 과연 정확할까. 꼭 기억하
겠다고 다짐하고 새겨놓긴 했지만 그 기억은 아이를
재우려던 많은 날들을 겹쳐놓은 콜라주에 가까울 것
이고, 예상했던 대로 아이는 전혀 기억하지 못한다.

큰아이는 자기가 어렸을 때 어땠는지 얘기해달
라 자주 졸라댄다. 이야기를 해주긴 하지만 인출, 재
저장에서 이미 오류가 많이 첨가되었을 나의 기억
을 아이가 제 나름대로 재구성해서 정리하고 저장하
는 내용은 아주 다를 것이다. 나는 부모님이 날 안아
주거나 뽀뽀해준 기억이 없다. 사랑받고 자랐고 딱히
미움받은 기억은 없는데도 그렇다. 학교 다닐 때 분
명히 도시락을 매일 싸주셨는데 뭘 먹었는지 정말 하
나도 기억이 나지 않는다. 매점에서 사먹었던 것들은
기억나는데 말이다(어머니가 알면 아주 섭섭하실 일
이다)!

아이들이 무섭게 쑥쑥 자라면서 어린 시절을 기
억하지 못하면, 나와 다르게 기억하면 어쩌나 하는
걱정은 많이 없어졌다. 달콤한 냄새와 보드라운 머리
카락과 따뜻한 체온을 가진 아이가 내 품에 안겨 있던
행복한 기억이 아이들에게는 엄마가 자꾸 답답할 정
도로 꼭 끌어안아서 귀찮았던 기억으로 남을 수 있겠

다. 매일 아침에 새벽같이 일어나서 씻기고 챙겨 학교에 보낸 일상 역시 아이들의 기억 정리함에는 한두 개의 스틸컷 정도로밖에 남지 않을지 모른다. 아이를 낳기 전의 나라면 가성비 안 나오는 봉사다 싶었겠지만, 내 어머니가 싸준 도시락도 기억 못 하는 내 무심함에 내리사랑의 본질을 받아들여선지 그냥 그런가 하고 넘어간다.

나는 유난히 어릴 적 기억이 없는 편인데, 그런 나에게 연속적인 기억은 초등학교 저학년을 벗어나면서 시작한다. 이제 초등학교 4학년이 된 둘째도 기억 수납 시작이 나만큼이나 느렸다. 유난히 여행이 많았던 이번 해의 마지막 여행에서 둘째는 7월의 여행 중 몇 가지를 떠올릴 수 있었다. 무언가 인간 발전 과정의 도약을 보는 듯하여 감격했다. 드디어 너도 추억이라는 스크랩북을 정식으로 마련하여 체계적으로 기억을 정리하고 수납하는구나! 검색어와 시간대를 이용하여 인출도 가능하구나! 큰아이는 이미 나보다 기억 수용량이 훨씬 많아졌다. 사십대인 나에게는 급히 지나가는 하루하루지만, 큰아이에게 시간은 훨씬 느리게 흐르며 훨씬 많은 기억 조각을 남긴다.

아이들의 기억 수납장에서 나는 어떤 엄마일까. 우리의 여행은 어떻게 남을까. 지난여름의 여행길에서 나는 조금 더 두툼해진 아이들의 몸피와 길쭉해진 팔다리, 많이 옅어진 아기 냄새에 새삼 훌쩍 자라버린 것을 안타까워하던 마음이 크게 남았는데 아이들은 어떨까. 바다 위로 지던 해를 기억할까. 정말 이러지 말아야 하는데 하면서 하나 더 시켜 먹은 초콜릿케이크를 기억할까. 내가 어릴 적 신경질 내던 엄마 모습을 훨씬 더 크게 기억하듯, 아이들도 나의 그런 모습을 훨씬 더 크게 저장해둘까.

　　아이들의 방은 정리하라고 잔소리할 수도 있고 안 쓰는 물건은 내가 알아서 정리하고 버릴 수도 있지만, 아이들의 기억 정리는 내가 어찌할 수 없다. 나이를 더 먹으면서 나의 기억 수납장은 빛이 바래고 무너지고 결국 없어질 것이고, 마지막은 아이들의 수납장에 이미지로 남게 되겠지. 엔트로피의 법칙대로 결국은 그마저도 다 없어질 테고.

어두운 밤으로 순순히 먹혀들지 마

인간의 성장 과정은 자신이 무엇을 얼마만큼 통제할 수 있는지를 배우는 과정이 아닐까. 작게는 내 육체부터 크게는 내가 존재하는 모든 시공간, 그리고 컴퓨터 속의 기록과 사람들의 기억 속 공간까지 '나의 공간'으로 정의해보자. 나는 그 많은 공간과 기억과 기록 속에 존재하지만 내가 통제할 수 있는 것은 지금 이 시간, 이 공간의 내 육체 하나이고, 그 육체를 통해 이 글을 쓰는 노트북 키보드뿐이다. 세상 일이 내 뜻대로 되지 않는다고들 하는데 그렇게 거창하게까지 갈 것도 없다. 당장 내 몸 하나도 내 마음대로 못 하지 않는가. 늘 운동을, 다이어트를 하겠다고 마음을 다 잡았다가도 내 맘대로 움직여지지 않는 몸 앞에서 의지력 없는 스스로를 탓하는 것을 보면.

오스트리아 출신 유대인 빅터 프랭클은 제2차 세계대전 중 아우슈비츠 수용소로 끌려갔으나 살아남았다. 수용소에서 그는 신체적 자유를 잃고, 매일같이 죽음을 두려워하며 폭력을 감내하면서 무감각해지기도 하고 절망하기도 하지만, 그는 그 상황에서도 '인간이 가진 마지막 자유'를 깨닫는다. "인간에게 모든 것을 빼앗아 갈 수 있어도 단 한 가지, 마지막 남은 인간의 자유, 주어진 환경에서 자신의 태도를 결정하고 자기 자신의 길을 선택할 수 있는 자유만은 빼앗아 갈 수 없다."* 그의 고통스러운 경험과 감히 비교할 수는 없는 나의 삶에서도 통제할 수 없는 일들이 지속적으로 일어나고, 나는 곧잘 무력감을 느낀다. 그러나 자극과 반응 사이에는 공간이 있다. 나를 찍어누르는 상황에 대해 즉각적, 습관적, 반사적으로 반응하지 않고 자극과 반응 사이의 공간을 조금이라도 늘리면서, 나는 이런 선택을 하겠노라 내 선택을 천명할 수 있다. 거시적인 의미는 전혀 없는 나의 작은 공간에라도 내 영향력을 끼치는 행동으로써, 내 이성의 생존신고를 할 수 있다.

토요일 아침이다. 나는 청소에 앞서 '정리 정돈 견적 모드'에 돌입한다. 얼마 전 색깔별로 가지런히 포장된 미술 도구를 매장에서 보고 혹해서 사 왔는데 내 공간에 들인 뒤로 제자리를 찾지 못하고 어수선함만 더하고 있다. 필통에는 살 때엔 가지런했던 펜과 색연필과 매직과 자와 칼 같은 문구들이 중구난방으로 꽂혀 있다. 마네킹에 예쁘게 입혀져 있던 옷, 온라

* 빅터 프랭클, 『죽음의 수용소에서』, 이시형 옮김, 청아출판사, 2017, 120면.

인 카탈로그에서는 화사해 보이던 셔츠는 내 손을 거쳐 침대 옆 양말 더미 위에 널브러진 채 그 산뜻함을 잃었다. 현관 벽에 딱 어울릴 것 같던 그림 액자는 현관뿐 아니라 집 안 어디에도 어울리지 않아서 결국 신발장 옆에 기대선 채 먼지를 모으고 있다. 맛있어 보여 사들인 식재료는 냉장고 한쪽에 처박혀 며칠째 구미를 당기지 못하고 있다. 주방의 어느 서랍을 열어 봐도 어지럽기는 마찬가지다. 그것들 모두 나라는 엔트로피 최대화 촉매제를 만나서 나의 혼돈 더미에 흡수되었다.

비장하게 에스프레소 투샷을 넣은 라떼를 단숨에 들이켜고 청소를 시작한다. 집 안 여기저기 널려 있는 빨래를 모아 세탁기에 돌리고 밀린 설거지를 하고 부엌 바닥을 닦고 요리를 한다. 아이들에게 아침을 차려주고 침대 시트를 모조리 갈아 끼운다. 아이들은 각자 방을 정리하도록 들여보내고 어질러진 거실을 치운다. 밀린 서류를 정리하고, 쓰레기통을 비우고, 재활용 쓰레기를 분리한다.

몇 시간을 들였으나 미술 도구는 여전히 어수선하고, 아침상을 차리고 난 뒤에도 식재료는 남아서 다시 냉장고 한구석에 처박혔으며, 그림 액자는 들었다 놨다만 하다가 도로 신발장 옆에 세워둔다. 아직 정리할 게 한참 더 남았지만 에스프레소 투샷의 약발은 이미 끝났다. 더럽지는 않으나 깔끔하다고도 할 수 없는 나의 살림. 일어나자마자 침대부터 정리하는 습관으로 성공의 첫걸음을 떼는 것까지는 아니더라도 나도 내 삶에 어느 정도 질서를 확보하며 집 안을 잘 꾸려보고자 소망하지만 매일 반복되는 자잘한 정리와 주말의 파워 청소, 계절마다 한 번씩 요란스레 펼쳐지는 대청소를 거쳐도 내 살림은 '그럭저럭'의 수준을 넘기지 못한다.

　　나의 작은 세상은 내가 어찌할 수 없는 것들로 가득 차 있다. 한번 흐른 시간은 되돌릴 수 없고, 나는 내가 한 선택의 결과를 책임지고 살아야 한다. 주변인들의 시선 역시 내가 어쩔 수 없다. 나에게 부족한 부분은 노력으로 어찌어찌 메꾼다 해도, 노력할 수 있는 역량조차 내가 타고난 것에 크게 좌우되는 느낌이다. 그렇게 내가 어찌할 수 없는 것들로 가득 찬 이 삶에서, 내가 바꿀 수 있는 것은 지금 존재하고 있는 공간뿐. 어질러진 것들을 줍고 한곳에 담아 빈 공간을 약간 넓히고, 같은 것들끼리 분류하고 모으고 정리하여 아주 조금이나마 질서를 찾아야 엔트로피에 쓸려 가지 않을 수 있다.

물론 내 공간을 방치하는 것 역시도 선택이다. 내 마음대로 흩트리고 부수고 망칠 수도 있다. 아무것도 정리하지 않고 몇 년 정도 지난다면 청소를 하든 말든 별 상관 없어지는 상태가 될 것이다. 우주 안의 모든 것들이 무질서로 향한다. 엔트로피는 계속 증가한다. 아무것도 하지 않고 무기력하게 늘어져 있는 나는 점점 그것에 쓸려 간다. '내 마음대로' 방치한다고 믿고 '내 의지대로' 망친다고 생각하지만 나는 그저 자연적 엔트로피에 쓸려 갈 뿐이다. 망치를 들고 때려 부수는 것보다, 너저분하게 널려 있는 책들이라도 정리하는 것이 훨씬 더 엔트로피에 반항적이다.

　　우주 전체로 따지자면 조금도 특별할 것 없는 육체 하나에 깃들어 있는 나와 그런 내가 살아가는 공간은 크게 의미가 없다. 그렇다고 나까지 스스로 의미가 없다고 동조할 필요는 없다. 내가 있으니 이 육체가 의미가 있고, 내가 보고 듣고 만지고 닿아야 하는 공간이므로 나에게 큰 의미가 있다. 그런 공간을 지배하고 엔트로피에 대항해 싸우는 방법은… 책상 정리에서부터 시작된다.

　　저 좋은 밤으로 순순히 들어가지 마세요,
　　노년은 날이 저물수록 불타고 포효해야 하니,

꺼져가는 빛에 분노하고, 분노하세요.

지혜로운 자들은 마지막엔 어둠이 당연함을
알게 되어도,
자기만의 언어로 번개 한번 못 찍어봤기에
저 좋은 밤으로 순순히 들어가지 않아요.

마지막 파도가 지나간 후, 쇠약한 자신의
지난날들이
푸른 바닷가에서 춤을 췄다면 얼마나 빛났을지
슬퍼하며,
착한 자들도 꺼져가는 빛에 맞서 분노하고,
분노해요.

달아나는 태양을 붙잡아 노래했던 격정적인
자들도,
뒤늦게야, 그들이 지는 태양에 비통해했음을
깨닫고,
저 좋은 밤으로 순순히 들어가지 않아요.

죽음을 앞둔 위독한 자들도, 눈이 멀고 있지만
멀어버린 두 눈도 유성처럼 타오르고 기뻐할 수

있겠다 싶어,

　꺼져가는 빛에 맞서 분노하고, 분노해요.

　그리고 나의 아버지, 당신도, 그 슬픈 고지에서,

　제발, 모진 눈물로, 당장 저를 욕하고

축복해줘요.

　저 좋은 밤으로 순순히 들어가지 마세요.

　꺼져가는 빛에 맞서 분노하고, 분노하세요.*

　어차피 우리 모두 무(無)로 돌아가는 삶에서 고작 책상 하나 정리하는 일이란 아무 의미 없는 파닥거림으로 폄하될지 몰라도 나라는 개체가 있는 시공간에서 정리는 절대적인 변화를 일으킨다. 무질서로 내달리는 세계, 내가 어떻게 할 수 없는 것들로 가득 찬 우주에서 내 작은 공간은 내가 사수한다. 그것에 의미를 부여함으로써 잊혀짐에 대항해 싸운다. 얌전히 가진 말자. 꺼져가는 빛에 분노하자. 반항하자. 엔트로피에 쓸려 가지 않기 위하여.

*　딜런 토머스, 「저 좋은 밤으로 순순히 들어가지 마세요」,
　『지금은 영시를 읽어야 할 때』, 노진희 지음, 알투스, 2015,
　34-35면.

나를 만든 세계, 내가 만든 세계
'아무튼'은 나에게 기쁨이자 즐거움이 되는,
생각만 해도 좋은 한 가지를 담은 에세이 시리즈입니다.
위고, 제철소, 코난북스, 세 출판사가 함께 펴냅니다.

아무튼, 정리

초판 1쇄 2023년 4월 15일
초판 2쇄 2023년 6월 20일

지은이 주한나
펴낸이 이재현, 조소정
편집 조형희, 문버리
디자인 일구공 스튜디오
제작 세걸음

펴낸곳 위고
등록 2012년 10월 29일 제406-2012-000115호
주소 경기도 파주시 돌곶이길 180-38 1층
전화 031-946-9276
팩스 031-946-9277

hugo@hugobooks.co.kr
hugobooks.co.kr

ISBN 979-11-93044-02-5 02810